玻璃芦葦

桜木紫乃

目錄

序章

中元節已過。厚岸的街頭吹起秋風。

男人坐的，是只有小吧台加五張圓凳的小酒館。客人幾乎都是叫一份燉煮的下酒小菜與當天進港的鮮魚，配幾瓶清酒就滿足而歸。小巷入口的拱門寫著「鈴蘭銀座」。本來應該是白色的鐵板，邊緣已經生鏽。

寬約五公尺的小巷兩側，各有十家酒廊的招牌。正在營業的只有位於兩頭的二家。在漁獲豐收的時代，這個城市有很多這樣的小巷。

豐滿的老闆娘伸出骨節突起刻滿皺紋的手，遞來一碟水煮馬鈴薯。男人簡短道謝後接下。

「『珠希』的媽媽桑終於也把店關掉了。我正奇怪怎麼沒聽見荒腔走板的卡拉OK，結果就在區立醫院遇上她了。好像是天天在沒客人上門的店裡獨自唱歌弄到高血壓。聽說飆高到二百耶，真可怕。」

男人察覺老闆娘的話題與中元假期前一模一樣，但他只是默默吃馬鈴薯。即便到了晚間八點，「鈴蘭銀座」的燈光，除了巷子對面那頭的「綠」之外還是不見增加。

「沒辦法，以前都築先生您還年輕、厚岸也繁華的時候，這一帶的媽媽桑都才三十幾歲。漁獲量也比現在多。」

男人接腔說中元節期間生意應該稍有起色吧。老闆娘搖頭說：「真是這樣就好囉。」沒電視也沒收音機是「竹中」的優點。二十五年前厚岸曾有的繁華好景，如今找遍街頭也找不到。老闆娘感嘆，離鄉的年輕人連中元節也不肯回來了。

二度赴任後他又開始來「竹中」報到，與年華老去的老闆娘互相斟酒聊聊往事也不壞。無論城市或人，有成長自然也有衰老。

咦？老闆娘說著將視線移向男人身後。男人也跟著朝門口看。玻璃門外約有對折的報紙那麼大的招牌燈光正在閃爍。

「我家的招牌好像也累了。真是窮酸啊。跟我一樣。」

老闆娘從吧台邊走出來，不悅地拔掉招牌的插頭。敞開的玻璃門吹入海風，替油脂豐厚的鹽烤大黑秋刀魚增添風味。

喝光瓶中酒，男人轉頭看老闆娘。只見她把電線纏妥在招牌腳下，正掀起門簾望著「鈴蘭銀座」小巷。

「回來了嗎……」

老闆娘說好像有熟人回來了。

「我過去看一下。」

男人問如果客人上門怎麼辦。「不好意思，請先幫我招呼一下。」她說著笑了。

老闆娘離開的期間約莫只有七、八分鐘。毋須男人擔心，沒有客人來過。她一邊嚷著傷腦筋一邊走回店內，進了吧台立刻開始溫酒。

「在橫巷這裡出生的孩子，馬上三十歲了。她搶走母親的情人，曾幾何時居然成了社長夫人。不過她老公號稱社長，好像只是個開賓館的。我剛才過去瞄了一下，她還帶男人回來。看那樣子應該不是普通關係。是個年輕小伙子。有句老話說遺傳是強大的，也難怪吧。」

又過了十五分鐘，入口的玻璃門被地鳴般的震動搖晃。男人彎腰端起酒瓶。老闆娘雙手穩住架上陳列的燒酒酒瓶，一邊嚷嚷：「地震了！」

男人的腦中，浮現以前見過的焚化爐。他聯想到震動是揮發性物質導致的爆炸。當時工人負責處理焚燒的垃圾中殘留些許強力膠，一點火，直徑約一公尺當作焚化爐使用的水泥管立刻被轟掉。塑膠袋本來裝在被帶回警局輔導的少年口袋。據說是不小心混入可燃垃圾中。幸好無人受傷，卻鬧得消防車出動虛驚一場。

男人起身走到店外。老闆娘也跟在男人身後。

位於「鈴蘭銀座」中段的某家酒廊，冒出豔橘色火柱。火燄像要燒焦星星般冒出黑煙沖天。男人跑過去，寫有「巴比阿那」的招牌已在熱氣與濃煙中變形。

老闆娘叫著「消防車！」扭頭跑回店裡。男人也忘了自己胸前口袋的手機，被大火與濃煙逼得後退。

木門的縫隙之間噴出黑煙。小巷對面「綠」的店主跑過來。男人轉頭看剛剛待的「竹中」。小巷的拱門下有人影出現。

拱門下的人影左右搖晃後，筆直朝這邊接近。人影沒有放慢步伐。男人不假思索拽住走近火燄的人。

「裡面還有人！」

他將尖聲高喊的男人雙手反剪在後。醉意幾乎完全被眼前的大火驚醒了。

「裡面有誰在？你是這間店裡的人嗎？我是厚岸警署的都築。」

他拽著發呆的男人手臂，從胸前口袋掏出警證。男人看到證件後，眼中映著火燄，一再強調「裡面有人」。轉眼之間左右兩側比鄰的店面也陷入火海。等到消防車抵達時，朝兩側蔓延的大火已毫不留情地吞沒小巷的店面。

「不好意思，能否請教你的姓名、職業與住址？」

都築一邊觀察他，一邊把對方斷斷續續做出的答覆寫在本子上。

「澤木昌弘　四十歲　稅理士[1]　於釧路市經營會計事務所」

---

1 稅理士：日本特有的專業稅務代理人，比會計師的業務範圍小。

都築詢問屋內的人是誰。他一直在等澤木開口。不知不覺圍觀的人已多達十人，被抵達「鈴蘭銀座」的消防隊員趕出小巷，都築與澤木也退到位於拱門邊的「竹中」。方才還在夜空閃耀的滿天星斗也被濃煙遮蔽，如今一顆也看不見了。

警方清早開始勘驗現場所發現性別不明的遺體，當天下午宣布死者是行蹤不明的「幸田節子，現年三十歲」。指證人是直到昨晚最後還與她在一起的澤木昌弘。

根據現場勘驗，起火點位於「巴比阿那」店面後方住宅的客廳。依遺體的狀況研判，應是死者自己潑汽油縱火。發現時遺體已化為焦骨，因爆風與建築倒塌之故無法完整撿回屍骨。前來確認的澤木昌弘，即便看到警方收集到的焦骨似乎還搞不清到底發生什麼事。

都築詢問他與女人的關係，澤木抬頭眼神凶狠地說：

「我很理解她目前的狀況，本來打算今後我會照顧她的開銷。」

「剛出小巷，她就說有東西忘了拿，叫你等她是吧？」

「那是單行道，我本來打算左轉再繞回店前。但她說自己用跑的比較快。」

「你沒察覺她的言行舉止有做出這種選擇的意圖嗎？」

「她突然說要把她先生的公司轉手給員工，然後就邀我去厚岸兜風。」

都築問他是否猜得出她為何邀他去厚岸。

「她說這是她出生的老家，還給我看老相簿。」

澤木昌弘的一句話，成了推斷幸田節子赴死決心的要因。都築未再繼續詢問。

「你該慶幸自己保住一命。」

刑警不經意嘟囔的話，透露他內心的想法。都築確信，「幸田節子抱著拖此人共赴黃泉的打算來到厚岸」，推測應該八九不離十，就此結束關於「巴比阿那」火災的偵訊。

＊

幸田喜一郎死了。

十二月二十日黎明前，北海道的道東地區降下例年罕見的大雪，澤木放在床邊的手機接到消息。自夜半下起的大雪發出乾扁的沙沙聲，敲打澤木臥室的窗子。

八月二日出事以來一直昏迷不醒的幸田喜一郎，直接死因為肺炎。澤木一邊聽著高中老友愛場醫生的敘述頻頻點頭，一邊回想這個漫長的夏天。

「是清晨五點過後死的。」

「麻煩你了。」

愛場說會在醫院等他，就此掛斷電話。

在釧路濕地這場大雪的看顧下，幸田喜一郎死去。澤木下床把ＦＦ式[2]暖爐的火力從微小調到大。火燄從爐芯猛然噴出，反射板染上朱紅色。

他從手機的來電記錄找出宇都木俊子的電話打過去。距離「皇家賓館」的退房時段還有時間。八點前後會有一連串退房的會計業務，在此之前她大概正把握時間小憩吧。即便真是如此，她也是必須率先連絡的對象。

俊子四個月前只是普通經理，花了三個月時間才把她變成總經理。比起討論營業權的轉讓手續及租賃公司的付款減額，說服俊子耗費更多時間。最後讓她點頭，還是因為澤木一句「這是幸田節子的心願」。

四個月前，雖然已經沒必要再火化，還是決定把遺骸送至火葬場的也是澤木與宇都木俊子。

「老娘那麼賣力可不是為了撿這種東西。」

俊子的話縈繞耳邊。火葬場人員一臉抱歉地說：「遺骨只有一般人的一半。」遺骨因浸泡在油與雜質中已變成黑、灰、暗綠色交織的斑駁模樣。

宇都木俊子似乎正在睡覺，但她搶在澤木之前先開口：

「是社長的事吧？」

「我現在要去醫院。還要商量喪禮的事，妳也會來嗎？」

「澤木老師，」俊子說到這裡頓了一下。

「說來無情，旅館業者的喪禮沒人會來。這個行業就是這樣。賓館開張時摻雜了嫉妒與輕蔑與各種情緒，擠在身邊的人倒是很多。節子死了，社長如今一無所有。飯店業者根本沒有朋友或伙伴。施工業者和裝潢業者也是，若是社長的老婆死了大概還會急忙趕來。可是社長本人死了就再也沒理由講人情道義了。同行通常也

2 FF式（Forced draught balanced Flue type）：密閉強制排氣式。

不可能放下生意來參加葬禮。」

她說屆時會來的恐怕不是長年音信不通的舊識，就是在內心瞧不起喜一郎的人。你想讓那種人瞻仰遺容嗎？被這麼一問，他無話可說。

「不過想跟他把這輩子的帳算清楚的人，我想倒是有幾個。」

「妳的意思就是要直接去火葬場囉？」

宇都木俊子強硬地回答：「對。」她說沒有親戚的幸田喜一郎，應該埋葬在他親手創辦的事業。得知她丈夫也是如此，澤木欣然接受。棺木與火葬場的時間安排就交給專門的業者，之後只要聽相關人員的引導就行了。

十二月二十一日上午十點，幸田喜一郎送入的二號窯，與四個月前的一樣。澤木用筷子接下俊子夾過來喜一郎的肋骨碎片。一看之下頭骨中央躺著小小的金屬。車禍發生後用來固定他骨折的鼻子與臉頰。澤木把那個也一起放進骨灰罈。

從火葬場出來，昨日開始籠罩街頭的大雪令景色明亮。如果沒下雪，枯草與乾枯的蘆葦八成會將濕原及沿線道路妝點成水墨畫。雪雲仍滯留上空。氣象預報說時雪時晴的狀態好像會持續到明天早上。

他將抱著骨灰罈的宇都木俊子送到「皇家賓館」。直到澤木的車子彎過轉角，俊子仍佇立雪中。

外出期間，事務所前的停車場也積了十公分左右的雪。六十歲的事務員木田聰子，從屋裡指著入口請澤木鏟雪。澤木把可容納三輛車的停車場積雪簡單鏟去。當他拍著羽絨衣上的雪花走進玄關後，木田朝他胸前灑把鹽去除穢氣，殷勤地端來熱茶。

正值午休時間。澤木接過茶杯，問她年終獎金和去年一樣十萬可不可以。木田眼帶顧慮說：「每次都麻煩您了。」然後把伸出的左手一攤做出「再來一點」的動作。她的動作，令澤木忍俊不禁。

年底的工作也進入最後關頭。今年之內必須考慮營業更生計畫的公司有二家。現在可不是悠哉吃午餐的時候。

越是嘗過好景氣的業主越愛抱怨窘境。即便澤木建議他們根據收入縮小事業規模，幾乎所有的業主還是不肯點頭。總之一切只能靠數字說話。他打開電腦，列出那些毫無生活感的數字。

「皇家」的業績本身雖然不怎樣，但是在償還租賃公司的款項、固定開銷，以及人事費的收支平衡做得還不錯。宇都木俊子對於賓館的經營一貫堅持「地理條件決定一切」。澤木長嘆一聲，睨視數字。

他一邊婉拒已打開便當的木田一邊整理數據之際，事務所的電話響了。木田停下持筷的手，在電話響第二聲時接起。按照她的習慣通常會邊做摘記邊確認對象，但這次她按下保留鍵後捂住話筒，小聲說：

「現在可以轉給您嗎？」

「誰打來的？」

「厚岸警署的一位都築先生。」

「接過來。」

四個月前因「巴比阿那」酒廊失火前來偵訊，該名便衣警察的臉孔浮現腦海。

此人體格壯碩，給人柔道家的印象。他切換保留鍵，都築低沉的聲音頓時滑入耳中。

「上次不好意思。很抱歉在忙碌的年底突然打電話給您。今年只剩十天，想必您也很忙碌吧？」

「彼此彼此。警方應該也差不多吧？」

都築說「的確」，再次為冒昧來電致歉後，他說八月那起火災出現一個疑點令人耿耿於懷。

「事到如今才耿耿於懷？老實說我一直耿耿於懷。可是每日被生活所逼，疑問與後悔幾乎都說不出口，一切簡直令我無法接受，甚至沒有一天可以積極地正面思考。」

講到最後語氣不免帶有幾分怒氣。明知這是遷怒卻停不下來。其中大半不是針對都築，是對節子。隔著沉默，話筒彼端的都築做了一個深呼吸。

「電話裡也不方便談，我可以現在過去拜訪嗎？」

澤木沒有吭氣。都築又說：「就算您說不行我也想拜訪。」

「有何貴幹，請先告訴我。這點起碼可以透露吧？我可是剛剛才去替幸田節子的丈夫撿骨。」

「真是遺憾。」

感覺不到任何情感。看來喜一郎之死不在他來訪的要件之內。

「只要一下子就好，請抽空跟我見個面。關於八月的火災，有件事非得向澤木先生請教不可。」

「在電話裡不能說嗎？」

都築回答：「是的。」幸田喜一郎的死，本該將這個夏天發生的種種全數了結。事到如今警方縱使開始調查什麼，也找不出任何新的真相。他對緊咬不放的都築說：

「警方想知道的事，死者想必已經全都帶去地下了。」

「我無從反駁。但是，我們的工作就是要從活人身上找出真相。這年頭不是流行所謂的三D影像嗎？我相信一定有眼鏡將扭曲的影像疊合。我會徹底盯著可能有眼鏡的人。乍看之下毫不相干的人一旦浮現，往往就是颱風眼。」

「想必也有刑警先生擅長製造事件。」

「事件不是製造的，而是本來就存在。因為存在所以被人發覺。」

「幸田節子的死，那麼有事件性嗎？四個月前聽到的話，我還記得喔。你對我說，應該慶幸自己保住一命。」

「我記得。因為我的確這麼想。」

「那麼，事到如今你為何還要來見我？」

「因為，您是幸田節子最親近的人。」

見澤木緘默不語，都築又加把火。

「總之，等您下班後也行，請見我一面。現在這樣在電話裡談論也沒用。不知幾點方便過去拜訪？」

三點左右，他回答。如果正巧有客戶打幾通電話來，刑警應該也不好意思聊太久吧。澤木說會在事務所恭候大駕，結束這通電話。掛上話筒後，他從放置私人物品的桌子抽屜取出一本軟皮裝幀的單薄歌集[3]。

「歌集　玻璃蘆葦」

3 歌：文中的「歌」皆指短歌，為日本傳統詩歌的一種。以五、七、五、七、七共三十一個音組成。起源於七世紀，也衍生出後來的連歌、俳句。

這是幸田節子生前遺留下來，畢生唯一一本歌集。把當成雜物收納盒使用的保鮮盒塞到抽屜深處，拿起歌集翻開封面，二張照片頓時滑落桌上。一張是火災當天，他從厚岸的節子老家那本相簿裡偷偷撕下來的，是中學三年級的節子。另一張是一週前，住在帶廣的佐野倫子這名女子寄來的。隨照片附上的信中她寫說是節子的歌友。

「因為心情已稍做整理，」如此開頭的文章最後寫道，「我認為由澤木先生留著最好，因此特地寄上。」

相片上的節子不知正對誰展顏，是一張背景陌生的快照。只見她坐在鄉村式的長椅上，看著鏡頭。淺橘色T恤配牛仔褲。就服裝看來顯然是夏天拍的。這張照片為何會寄給自己？澤木猶在思索之際，幸田喜一郎便死了。

澤木把信末佐野倫子這個姓名及帶廣的地址、電話抄在記事本上。

「開始」的預感劃出螺旋緩緩上升。雖然感覺上似乎被什麼催促著，卻不知那究竟是什麼。澤木將視線移向窗外。看著雪停的天空，雲層之間灑落陽光。

I

她聽見沙子的聲音。從體內向外，割開身體流出沙子。發出像弧形沙漏那般，連綿不絕的聲音。

節子緩緩睜眼。拉過來，鬧鐘日期是八月二日，星期一。才七點半。比設定時間早了三十分鐘。

乾扁的沙子聲，最後與床另一邊丈夫整裝的衣物摩擦聲重疊。遮光簾的縫隙間射入朝陽。並排的枕頭，微微散發丈夫的體味。

喜一郎淺黑色的肌膚與發亮的黑眼珠，看起來年輕得不像六十歲。這個男人，把莫大的精力投注在穿他喜歡的衣服、吃他愛吃的東西、與他中意的女人共度。他的外貌看起來不像吃過苦，雖然只是賓館老闆，但節子認為，作為一個生意人，這點恐怕還是有些不利。

「早。爸爸，你要出門嗎？」

繫上牛仔褲皮帶的喜一郎，在微光中轉身。他向來沒有小腹。恰到好處的肌肉保護內臟，彷彿肉體拒絕自內部崩壞。

男中音的聲響，晃動室內空氣。

「把妳吵醒了？那我們一起吃完早餐我再出門吧。」

「你要去哪裡？」

「昨晚不是說過了。我弄到帕華洛帝最新的精選輯。」

住宅與喜一郎經營的「皇家賓館」相連，無法以大音量播放音樂。賓館一樓設計成車庫，二樓是客房，隔音並未做得特別完善。

經營者的生活動靜稍有洩漏，客人來賓館就失去意義了。無論早晚，客房都是為了男歡女愛的時候享受夜生活，任何音樂只會變成噪音。

討厭耳機的喜一郎，若要盡情欣賞喜歡的音樂，只能去音樂會或在自用車內。

皇家賓館蓋在俯瞰釧路濕原的高地上，是一家擁有二十年歷史、十二間客房的老牌賓館。喜一郎在四十歲那年關閉之前經營的招牌公司，從零開始投入這一行。

由於風景絕佳又位於國道旁的僻靜之處，頗受熟年熟客的光顧支持。

白色外牆與深藍色屋頂，無論任何季節在濕原上都很醒目。外觀看來雖然堅固，但客房據說每五年就會改建及改裝一次。

節子決定與幸田喜一郎結婚時，喜一郎將廚房與臥室全都改裝過，但預算有限並未考慮隔音牆。

反正山上沒有顯眼的民宅，節子曾經表示，她想在十公尺之外另外蓋間屋子，就算小一點也無妨。但喜一郎堅決不允。

「我可不是那種把錢包交給他人還能高枕無憂的人。無論早晚，如果不能想去就立刻去辦公室露面，只會讓經營者和掌管財政的員工彼此增添無謂的煩惱。拜託別亂出主意，現在這樣是讓我安心入睡最好的方法了。」

雖然認為他在做生意方面沒有自己說的那麼纖細敏感，但皇家賓館的主管與兼職人員，的確幾乎不曾發生過糾紛。

「既然是精選輯，也有卡羅素嗎？」

「那當然。等回來再拷成CD給妳，妳也在車上聽聽看。」

在熱愛歌劇的喜一郎推薦下，她唯一欣賞的就是卡羅素。十年前看到的電影插曲至今記憶猶新。

餘命不多的女人出現在昔日交往的男人面前，聲稱自己快死了，希望能一起度過。男人已有妻子。登場人物全都被她的「餘命」束縛，不知所措。能夠一死了之的只有女主角，其他登場人物都得繼續衡量得失，一邊度過今後的人生。即使過了十年，那部片子仍在節子的心裡盤桓不去。

「早餐想吃什麼？」

喜一郎從衣櫃取出夏季西裝外套轉過身來。

「有土司與美味的咖啡就別無所求。」

裝好豆子任由咖啡機煮咖啡，把事先買好的高級奶油土司切片烘烤。隔著餐桌坐下，聽著外面響起的鐵捲門聲。

週五午後到週日即將舉行夏日祭。喜一郎咕噥說這星期的前半段是暴風雨前的寧靜。

「昨晚全部客滿嗎？」

「一半吧。半夜有三間空出來，差不多全都該退房了。」

晚間十一點起收的是住宿而非休息的費用。退房時間是上午九點。半夜被叫起三次，負責管理的俊子肯定也累壞了。白天她好像會回家躺一會兒，但是少有機會熟睡。

「她說不定又在嘀嘀咕咕。若只有二次她倒是不會抱怨。」

「半夜被吵醒的壓力很不好受。還不如索性都不要睡，可那樣身體又吃不消。我只做一年就受不了，她卻已經做了七年的夜間主管。起碼她早上發牢騷時得配合一下。」

喜一郎當初與前妻離婚，導火線好像也是因為妻子厭煩了賓館的夜間管理。據說身體與精神出現種種問題後就開始談離婚。或許其中也有不便向第三任妻子節子透露的內情。

喜一郎只好先把夜間事務室交給俊子掌管，與妻子離了婚。女兒小梢基於經濟因素留給喜一郎撫養，但她上學一直三天打漁兩天曬網，高中一畢業就離家了。

節子從一開始就沒打算與已經念高一的繼女好好相處。只為發洩長期家庭失和的不滿就不顧顏面地胡鬧，這種女孩壓根不足為取。想鬧就儘管鬧吧。只要鐵了心做好這種準備，不管小丫頭說什麼跟節子找碴她都不會放在心上。小梢不出幾年就會離家是擺明的事，喜一郎也對叛逆的女兒束手無策，多多少少有點迴避。

喜一郎向她求婚時的情景，至今歷歷在目。

「如果嫁給我就不用再為生活汲汲營營，我也不會讓妳這麼做。我會光明正大把錢給妳，妳可以自由使用。我可以幫妳出版歌集，妳也可以早上睡到自然醒。妳可以自由使用妳的時間。妳當然有權拒絕，但我有信心讓妳無法拒絕。就算當作是一把年紀的老頭子狡猾的哄騙方式也無所謂。妳自己好好考慮。」

這是頭一次有人對她說要給她金錢與時間讓她自由生活，更何況如此具體地開出條件後，應該也不會被虛無縹緲的東西動搖心情。正因為不談情不說愛，婚姻生活很平淡。

若說這樁婚姻有一點麻煩，那就是節子的母親曾經有很長一段時間是幸田喜一郎的情人。

母親住在開車不用一小時的厚岸町，當初她是以電話告知自己要與喜一郎結婚。她覺得當面說只會讓事態更麻煩。母親律子倒是以驚人爽快的態度一口應承。

「噢，這樣啊。那很好啊。爹地很有錢，又是我的老熟人。只要他連我的生活都肯照顧，我完全沒意見。」

住到十五歲春天為止的老家，如今只有律子獨居。節子趁著上高中，搬到釧路寄宿。當時的監護人就是喜一郎。律子與喜一郎從節子十歲那年開始交往，二人什麼時候結束男女關係，至今不得而知。節子對他們是否仍藕斷絲連的疑問，姑且被律子這番話抹消了。

初次與喜一郎發生關係是在高一時。當時喜一郎四十六歲。結束招牌公司後賓館的生意剛上軌道。明明是他一再邀約吃飯，節子說「可以」時反而是他不知所措。節子的意思是，既然抱著遲早要發生關係的打算，現在也「可以」，但喜一郎顯然不是這麼解讀。

「不可以因為一時好奇就調侃成年男人喔。等妳覺得非我不可時，再邀我一次好嗎？」

「我只是想這樣做才邀請你。」

得知節子對性行為早就失去好奇心，喜一郎從那天起就不再是監護人，變成一個普通男人。對於他與律子的關係，節子在婚前只問過一次。

「你和我媽還有來往嗎？」

「為什麼這樣問？」

「像這種情形，不是叫做母女那啥啥的嗎？我想對男人來說大概很有趣。」

喜一郎按住赤裸的節子，說：

「被妳當成那種男人本來應該很榮幸，但真的被這麼說還挺火大的。」

印象中不管之前或之後似乎就只有這麼一次惹火喜一郎。就在一再逃避道歉的情況下，她成為他的妻子。如今再提起，喜一郎是否記得還是個疑問。

小梢離家已經二年多。站在節子的立場，她能在這個家忍到畢業才走才更讓她驚訝。繼女離開後她終於可以過起安穩的生活。

「不好意思，上午可以幫我把這個月的營業傳票送到澤木的事務所嗎？」

「你帶過來了嗎？」

「不，還在事務室那邊。俊子已經裝訂成一本了。我想請妳幫我把傳票和飲料及電視收入的帳簿送去。那方面妳應該比較清楚吧。」

每個月第一個週一，要把上一個月的營業額送去澤木會計事務所。那是節子婚前工作的地方。她也說過自己一個人管帳就夠了，但喜一郎不肯點頭。

經濟不景氣賓館的生意理當大幅下滑，但壓根看不出來。大概喜一郎打從心底討厭與老婆談錢的問題。

「那樣子，比錢包捏在對方手裡更糟吧。」

他與第一任妻子和第二任妻子，最後據說都因為談錢傷和氣。經營賓館往往需要借錢，但每天也有不少收入。讓老婆知道詳細的收入，對喜一郎這種男人而言肯定是負擔。

「小節，今天是短歌的每月例會吧。默默聽別人的意見想必也不輕鬆。我記得不管別人怎麼詮釋妳的作品妳都不能辯解，對吧？」

「我倒覺得那樣也很有趣。從隻字片語間，就能清楚看出一個人的品性。即使對方再怎麼巧妙地隱瞞心聲去誇獎，還是會立刻被看穿。我認為能隱藏的人不多。」

「難道沒有令妳氣憤的感想嗎？」

節子簡短回答：「沒有。」實際上，她的確從未被人逼到氣急攻心的程度。

拍掉牛仔褲上的麵包屑，喜一郎說聲傍晚回來就下樓了。不久響起低沉的引擎聲。節子自二樓窗口目送紅色的車子駛出，視線移向山崖那邊的遼闊濕原。

從米色變成深綠色的濕原，以生命令短暫的夏天膨脹。這壯闊的全景圖是位於濕原展望台正對面才有的恩賜。節子眺望蘆葦地毯在風中搖曳的風景，片刻後才去淋浴。

整裝完畢，走過足有二十幾公尺長的走道，去建築物中央的事務室巡視。看來最後一組客人剛剛退房。事務室隔壁兼職人員的休息室兼被服室內，俊子正在和日班的二名兼職人員交接工作。

「這邊這堆床單要去除汙漬。發票上有紅色圓點的，是喝飲料沒付錢的房間。昨晚可樂與啤酒各有一瓶。今天打掃時要仔細檢查冰箱。如果連瓶子都不見了，不就查不出是什麼時候被哪組客人摸走的。還有，三號房半夜一點打電話來抱怨沒有保險套。麻煩你們留心檢查床邊的用品。」

俊子把紅褐色稀薄的頭髮綁在腦後，脂粉未施、幾乎沒有眉毛的臉朝她轉過來。

「早。」

即便客氣行禮，也沒有那種視線交會時可以閒聊兩句的溫柔氣氛。她總是匆匆做自己的工作，就算想跟她說什麼，也很難找到適當機會。工作倒是做得很確實，但節子實在很怕這一型的五十歲老女人。打從節子住在這裡她便一直這樣，所以事到如今節子也不打算說她什麼，但確實不是很愉快。

在她接管皇家的事務室之前，據說是在濕原對面那頭的僻靜賓館街，掌管一家有二十個房間的賓館。建築物老化加上同居人自殺，使得生意一蹶不振。雖然俊子的態度強硬，工作表現卻無懈可擊。懂得如何用人的女人也深諳如何為人所用。

俊子從抽屜取出一整個月的傳票及寫有「飲料．電視收入」的黑色帳簿。

「盒裝面紙快用完了。我已經叫廠商今天送三箱過來。」

褪色鬆垮的T恤領口，伸出白淨的脖頸。臉上很多斑點，眼睛因睡眠不足而凹陷。露出膝蓋的直筒牛仔褲，是俊子的睡衣也是工作服。

同居人死後，雖然她比男人的妻子陪伴男人更久卻無法領取保險金，就在她被債權人趕出賓館時被喜一郎撿到。

俊子從傍晚五點至翌晨十點在皇家賓館上班已有七年，幾乎不眠不休地掌管全局。喜一郎之所以能夠心血來潮出門兜風，節子之所以能學短歌去旅行，都是拜俊子所賜。

「夏日祭快到了，趁現在稍微休息一下吧。我們可都指望妳了。」

俊子簡短道謝，拿起車鑰匙。她住在二公里外的住宅區公寓，沒有家人。據說住處也是喜一郎替她安排的。不知她在這行失敗後，為何甘願受人雇用也要繼續待下去。若是節子，八成會拿著沒記在帳上的私房錢，開間小餐館。俊子壓根沒享受到做這行每天開門收錢的好處就已流落到皇家。五十歲還在做這種為慢性睡眠不足所苦的工作。不知她自己對年紀與健康問題是怎麼想的。

每日有收入，表示錢的來源很單純。三十分鐘一百圓的電視收入，也只有喜一郎本人才知道真正的利潤。鑰匙在喜一郎的手裡，每月一次，他會從每間客房內電視附帶的投幣機收回百圓銅板。稅理士的報酬和交給節子的生活費，幾乎都是來自客房冰箱常備的飲料及付費頻道所得，加上販售成人玩具得來的收入。喜一郎手上的金錢，明顯與節子在澤木事務所上班時在出納簿上看到的數字要多。

收到的款項若不記入帳上就會留下現金。房錢也一樣。只要漏掉一張傳票，多出來的錢便相當於兼職員工一天的薪資。無人看見。也無人每日稽核。正如喜一郎所言，做這行如果經營者自己不睜大眼睛，誰也說不準會發生什麼事。記得國稅局來查過一次帳，但皇家的帳簿毫無疏失。

俊子以下四名兼職主婦都是老資格，視線之間頗有輕視節子的味道。就賓館與會計事務所的來往考量，也難怪周遭眾人會以為二人打從前妻還在時已暗渡陳倉。節子也很明白自己身為第三任妻子的立場，煽動了她們比平常更旺盛的好奇心。

沿著濕原的國道洋溢夏日風情。道路兩旁的綠地，彷彿是對北國短暫夏天的恩賜，長滿細小的葉子。換上淡紫色洋裝後，心情隨之開放。太陽再過半個月也會失去夏天的威力。夏日祭與中元節這種生意旺季結束後，這個城市便要開始吹起秋風。

抵達澤木的事務所，是在中午。每月自己送營業傳票過去的公司很罕見。只要把電腦輸入的數據資料傳送過去就行了，但手寫帳簿也是喜一郎的堅持之一。

負責會計工作的澤木昌弘，在三十一歲那年因雇主退休，繼承了事務所。當時把短大剛畢業的節子介紹來做事務員的就是喜一郎。

通往海岸的道路往上走到底就是事務所。夏天總有大霧瀰漫。進了事務所，木田聰子立刻拉下老花眼鏡抬頭。她也是喜一郎介紹來的事務員。

與喜一郎同年的木田看到節子立刻露出微笑。每次看到木田聰子的笑容，便會強烈感到她與喜一郎之間毫無男女關係。節子回以同樣無邪的笑容，環視事務所內。五坪大的空間，放著澤木的桌子與木田的桌子，另外還有為繁忙期預備的桌子緊靠在一起。牆邊排放著檔案櫃。事務所的角落，窗下有張舊沙發。以前當事務員時，節子總是坐在這張沙發吃自備的便當。當時甚至沒有餘裕買超商的便當。

「澤木先生出去跑客戶了嗎？我把帳簿與傳票帶來了。」

「他在裡面。出去剛回來。請稍等一下。」

雖然不停打轉的樣子像無頭蒼蠅，但那也是木田聰子的優點。對四十歲的鰥夫澤木而言，像母親一樣替他打點大小瑣事的木田地位想必很重要。喜一郎在節子離職後為何介紹年紀這麼大的事務員進來，教人摸不透他在打什麼算盤。不過澤木似乎很滿意自己外出時，由老練的木田所負責看守的環境。

可以看到通往住處的那扇門。就業之前與之後，她曾多次去過那間昏暗的寢室。當作事務所的平房在住家部分很狹小。她曾問過一次。當時喜一郎的前妻還在，節子剛開始上班。

「這裡好像只住得下一個人。澤木先生，你是那種不太考慮將來的人嗎？」

「妳怎會這麼想？」

「總覺得這裡只是暫時棲身之處。」

當她猶在思忖怎麼說才不顯得貪心之際，澤木已搶先回答。

「所謂的家庭，我沒怎麼考慮過。藤島小姐，妳應該也比較喜歡這樣的男人吧？」

她理解其中一半是澤木的誘惑。

澤木從不主動談論自己。節子所知道的，只有她與喜一郎婚後，送東西去事務所時，木田聰子偷偷告訴她的事。

在東京的會計事務所時代，年紀輕輕便婚姻失敗，與前妻之間有個女兒。關於現在據說住在九州的前妻與女兒，她沒有聽澤木親口提起過。

節子突然說要與幸田喜一郎登記結婚，是在她與澤木發生關係四年多的時候。

「今後偶爾來找你應該也可以吧？」

「隨便妳。」

澤木的態度令她感到失落。與喜一郎共同生活後有段時期一直沒與他連絡。過了半年才在河邊的商務旅館與他幽會，是像今天一樣受喜一郎之託送帳簿與傳票的日子。

木田聰子踩著拖鞋啪啪啪地走回來。身後是穿條紋棉襯衫與休閒褲的澤木。即使見客戶時他也只是這身打扮套上西裝外套。這種不修邊幅的毛病不管多少年都沒變。

「今天一早幸田先生就打過電話，說節子要來。他還笑說傳票的厚度只有去年七月的一半。」

每隔兩三個月就有一次是節子送來的，但是業績滑落了一半，丈夫還特地出門兜風只為聽帕華洛帝，這樣悠哉的態度未免古怪。

「以幸田的作風，或許是有什麼對策吧。」

「他說想與租賃公司交涉降低還款額度。畢竟這二十年來，一直規規矩矩在付款嘛，我回答說差不多可以了。」

澤木說如果談得順利將金額減半，就算業績有點滑落應該還是能撐過去。如果願意稍微給人好印象，五官明明俊秀得令人嫉妒，澤木對於自己的服裝與髮型卻總是漠不關心。本以為他特別擅長勾引女人，卻又見他喜孜孜地吃著木田聰子聲稱「出於興趣」做的泡菜與小菜。

澤木對著木田的背影吩咐不用泡茶了。

「我們找個地方去吃午餐，我順便跟妳說明還款計畫的試算表。」

節子與澤木在河邊某飯店的義大利餐廳相視而坐。午餐的客人坐了八成。店內飄散橄欖油與大蒜、義大利藍紋起司的香氣，小聲播放著義式流行歌曲。

澤木說昨晚的酒意還沒退，一口氣喝光送來的冰水後，露出比在事務所時更親密的笑容。當然，壓根沒說明什麼還款計畫。

「幸田先生是否有什麼要事？在電話裡我沒問太多。」

節子說他為了聽帕華洛帝去兜風了，澤木哭笑不得地說三大男高音嗎，然後嘆口氣。

「他說買了新的CD。我猜他現在正一邊開車一邊以吵破頭的大音量聆聽。管他是業績滑落還是打雷下雨，對那個人好像都沒啥影響。真搞不懂他為何能夠那麼豁達。」

桌子對面，微笑的嘴角左右均等地挑起。嘴巴再怎麼掩飾也會流露出內心的想法。眼尾老實的他挑起嘴角，澤木的五官看起來更添魅力。

「小節妳下午有事嗎？」

「二點半有短歌會的活動。」

節子垂眼看手錶。吃完飯還有一個半小時。澤木問節子的行程時，通常表示他有空。換言之是在徵詢節子要怎麼安排。節子總是對於要自己做選擇感到有些鬱悶。

「那個歌集，上個月幸田先生心情極佳地留了一本給我。書名很棒。」

「你不誇獎內容嗎？」

澤木表情不變地說：「我的評語恐怕毫無用處吧。」

節子開始寫短歌，是她還在事務所上班時。起因是客戶邀約：「內人這次要成立短歌會，妳能不能去捧個場？」加入當初是抱著賣客戶面子湊人數的心態。本來打算如果覺得不適合就以工作忙碌為由退出即可，不知為何卻在會裡一待就待了七年。

當她商量想出版歌集時，短歌會會長加賀久惠高興的反應連節子都嚇了一跳。「我們的規模小，相對也比較自由，無論要出版或去報名短歌獎，只要對學習有幫助，妳儘管去挑戰。」

據說歷史悠久的組織，往往以「座文學[4]」為擋箭牌，必須先打好人際關係討好主事者。雖不知是真是假，但麻煩當然是能免則免。

她說書名是喜一郎取的，澤木當下停住捲義大利麵的叉子。

---

4 座文學：俳諧這種日本特有的文藝形式，是以人和為始，人和為終。此處的座是指文藝人經營人際關係的場所。

「幸田先生原來對文學也頗有造詣啊。」

澤木皺起眉頭，連說二次意外。

「叫我出版歌集的也是他。他說不妨與自己寫的東西殉情看看。」

「殉情？這也是個聳動的說法。」

歌集《玻璃蘆葦》，因為喜一郎的一句話決定出版。內容也只和丈夫一個人商量過。節子霎時理解丈夫所謂的殉情之意。節子自己也痛徹明白，如果繼續走同樣的路線，寫詩永遠不會進步。仔細回想，反倒是喜一郎比節子更熱心琢磨短歌。

「與其一直維持不死不活的狀態，不如進一次墳墓對彼此更好。況且妳今後也要活下去。」

關於整理出書出版，喜一郎用「埋葬」來形容，他說如果不置之死地做到再也無法修改的地步，就不可能創造新作品。

實際整理後，果然被喜一郎說中，露底了。這是無意識撿選文字的報應。詠歌者完全不負責任，只是陶醉在自己的文字表現中。那本歌集就是要讓人認識到那個。

她問丈夫明知如此為何還勸她彙整作品出版，喜一郎笑著回答：

「因為妳是個不會消耗的人。可能妳從一開始就是如此吧。總是半帶賭氣地堅守自己的地盤。而且，妳也是個優秀的女演員兼野心家。若論演技，或許比一般演員更厲害。」

正因如此才該客觀檢視自己的力量——這句話令她老實點頭。

與澤木吃飯時，就算想到丈夫也不會心痛。節子視為賜給自己的獎品。

例會二點半開始，今天的主題是《玻璃蘆葦》講評會。

節子吟詠小白臉和妓女以及被包養的女人，以性愛為主軸的詩歌，在「水亞木短歌會」算是異類。在多數吟詠溫馨生活的會員之間，作者本人與歌集，都不太受歡迎。

講評會上，歌集作者必須保持沉默聆聽會員的意見。哪怕對方做出錯誤的解釋，按照規矩也得保持微笑聽過就算。

「老師，有時間嗎？」

澤木看手錶。節子指指天花板，邀請澤木。

生涯學習中心的小會議室，瀰漫女人的化妝品與香水味。會長以下共二十人，排成ㄇ字型的會議桌前，全體會員每月都坐在同樣的位置。背對窗子的中央主位，由掌管「水亞木短歌會」的加賀久惠像擺飾般居間坐鎮。會長的兩側是副會長與會計，全都穿著比會長更華麗的套裝傲然踞坐。每隔一年輪流擔任副會長與會計的二人，毫不掩飾令周遭眾人厭煩的敵對意識。

離開飯店房間，還不到三十分鐘。補妝時，唯有眼睛異樣濡濕發光令她有點擔心，但誰會因此發覺她剛和男人上過床？

副會長尾澤招手示意走進會議室的節子坐到自己旁邊。

「咦，妳出門噴了香水啊？」

節子一坐下，尾澤就扭著水桶腰說。的確，出了飯店上車後她噴了香水。被這麼指出，她才發現自己打從一開始就是抱著勾引澤木的打算離開家門。她太小看老女人特有的直覺了。節子回以嫣然一笑。

「對不起。因為我急著出門。也許噴多了。」

尾澤的神情高傲，說這味道不錯。

腰部一帶，有種體溫下降時的倦怠。腦袋裡也糊成一團。與澤木上床後，她硬是去淋浴沖走很想小睡片刻的渴望。這樣恐怕任何惡評都能充耳不聞。至於讚美之詞，她壓根沒有期待過。

「七年就敢出版歌集，真是有勇氣。我寫歌已有三十年，還覺得自己的功夫不到家呢。年輕真好。青澀莽撞，真令人羨慕。」

隔著會長，會計友部伸出頭。

「尾澤女士，妳是想炫耀自己的實力，足以明白別人功夫到不到家吧。」

用套裝包裹酒桶體型，二人從類似的鴕鳥皮包幾乎同時取出本月的資料與節子的歌集。鞋子衣服和皮包都是爭先恐後買來的，不知何故品味驚人地相似。

「能夠曲解到那種地步，生活必定也會出現種種問題。您的家人真可憐。」

尾澤這一句話，顯然針對正面臨中年離婚危機的友部。會長加賀小聲乾咳一下後，嘀咕道：「開始吧。」

會長以下包含節子的四人坐在上座，垂直伸出的會議桌前最靠近她們的是佐野倫子。

倫子比節子大五歲，據說寫歌的資歷差不多。但是，二人的作風截然不同。迥異於以性愛和虛無為主的節子，佐野倫子歌詠的是溫馨明朗的家族風景。今天也讓小學二年級的女兒真由美坐在身旁，高雅的象牙色夏季針織衫上，低調地掛著小粒珍珠項鍊。

真由美瞄了節子一眼。回以微笑。二顆大門牙像海狸一樣大。渾圓的眼珠像她媽媽。偏栗色的細髮綁著短短的辮子，水藍色襯衫與雪白的肌膚很搭。雖說此地沒有夏天，但小學生在這個季節多少還是會曬黑。真由美的膚色卻像光滑的牛奶布丁一樣白淨。

繼真由美之後又與倫子四目相接。她刻意挑起嘴角。不動聲色地回禮。倫子在短歌會的風評也很二極化。有人說文靜高雅是她的優點，也有人嘲笑她又不是公主殿下。甚至還說她丈夫的壞話。倫子的丈夫是本地唯一一家百貨公司的年輕主管，幾年前爆發財務危機。如今據說自行引進國外雜貨，在郊外某大型超市一角開店。據友部表示，生意好像也因經濟不景氣做得不太理想。

雖非短歌會這種氣氛所致，但節子與倫子都沒有積極拉攏關係的意思。再加上尾澤與友部的激烈鬥爭，二個年輕人的不同路線也在私底下炒熱了短歌會。

替節子撐腰的是做會計的友部，聲援倫子的一直是尾澤。隨著講評的白熱化，與會全體分裂成二派。與其稱為交好的社團夥伴，倒不如說是人人都樂見這種分裂，以及眼前以講評之名進行的鬥爭。

友部去年擔任副會長時，曾有短歌會解散的流言傳出。導火線是友部「寫詩歌都是在孕育謊言」這一席談話。於是和反駁她叫她別搞錯寫歌意義的尾澤發生口角。

友部逼問她難道每次都只吟詠事實嗎，尾澤卻說事實不代表真實。友部說那不是一樣的意思嗎，尾澤就回嘴妳要說詩歌造假也無妨。面對哭著怒罵這是人身攻擊的友部，洋洋得意誇耀勝利的尾澤站起來就走，「跟妳這種感情用事的人講不通。」接著尾澤派也一同起身離席。只聽見友部大罵「卑鄙小人」的聲音響徹會議室。

彷彿看到一場令人無奈的鬧劇。只是，平日照理說頗得尾澤青睞的倫子卻留在會議室沒走。在尷尬的氛圍中，倫子獨自一臉困窘垂頭不語的模樣令節子印象深刻。

到了下一個月，看到會員恍若早已忘記解散的傳言照樣聚集，節子感覺像頭一次見識到「水亞木短歌會」的素顏。

每月例行的作品講評比平時更不痛不癢地結束，尾澤以賣關子的口吻再度上陣主持。

「好了，各位久等多時的《玻璃蘆葦》要開始講評了。各位，每人有二分鐘時間講評事先選好的一首，還請把握時間。」

尾澤說到這裡，刻意清楚地嘆了一口氣。會長加賀遺憾地搖頭。友部乾咳一聲。鬧哄哄的動靜停頓了一拍呼吸，會員全都翻開了節子的歌集。

自費出版三百本。發給會員，再分贈給北海道各地主要的歌人與團體，並且報名各種短歌獎後，手邊還剩一百五十本。喜一郎大手筆出的一百萬化為空虛的虛榮心，被本地報紙報導後更過度煽動了他人的自我意識。

「關於幸田女士的作品，向來臧否不一，首先，就由我開始。」

尾澤從容不迫，在用不著斷句的地方打住，一邊率先開炮。

「幸田女士一貫以『性愛』為主題，因此我認為要彙整成書意外簡單。一字一語雖無新意，但我認為自古以來這類寫歌方式的某種傾向值得注目。作者本人想必也意識到，以短歌表現虛構手法，背後必然要有非曝露不可、類似『作為』的東西。我最感興趣的，就是與歌集名稱同名的這首，

『濕原凜立玻璃蘆葦，空洞簌簌流沙去。』

這裡沒有表露性愛的字彙，自己宛如一顆沙粒隨波逐流的空虛心情，只要是女人都會有，由此也能感到某種普遍性，我認為倒也不錯。唯獨有一點我非說不可，喜歡這種詩歌的人，我建議您應該多關心一下自己的力量及品格，好好打穩基礎。沒有紮實的生活與堅固的基礎，蓋不了虛構文學這座建築。有人說什麼下流也是一種風格，但我認為那只是詭辯。我說完了。」

隨即，會議室充斥一種刺人的氣氛。在垂頭喪氣與抬頭挺胸的人之中，唯有佐野倫子不改一貫的笑容。真由美也規矩端坐在母親身旁。講評會的進行由尾澤主持。節子只是坐著微微低頭行禮。

跳過坐在尾澤右邊的節子，接著輪到佐野倫子。倫子似乎對周遭的氛圍毫不在意，逕自向節子行禮。

放在腳下的皮包裡，手機開始震動。在安靜的會議室，像在地板爬行般嗡嗡作響。無人吭聲。唯有真由美看著節子微笑。倫子面不改色地等待手機停止震動，之後隔了一拍呼吸才開口。全體視線都射向她身上。

「我認為，這本歌集很有看頭。幸田女士編輯這本歌集的心情，可以從整體感受到。據我個人推測，幸田女士應是企圖藉由此書擺脫現狀。基於對所有作品訣別的角度，這本歌集深具意義，非常精彩。尾澤副會長的講評作為一個提醒當然很重要，但無論是否為虛構文學，要深入人心都很困難。我向來都是在生活中找題材詠歌，但我也會想，誰又能證明那不是虛構。若要根據創作的詩歌判斷人品，從個人的角度就品格高低來講評詩歌，那麼向來吟詠美滿家庭的我就算被揶揄成虛構文學想必也不足為奇。人們筆下的作品有必要質疑真假嗎？在訴諸文字或言詞時，一切不就已經被潤飾虛構了？我認為對此視而不見的氛圍很危險。如果不先糾正這點，我想本會的品格恐怕值得存疑。」

所謂的鴉雀無聲，大概就是指這種情形。現在，膽敢正面向尾澤下挑戰書的真的是那個佐野倫子嗎？認真打量她那若無其事神情的人占了大半。會議室裡，再次響起手機的震動聲。節子俯視腳下，咬唇猜想到底是誰打來的。

倫子神情淡漠地欠身行禮，小聲說完畢，交棒給下一位。沒有被室內瀰漫的不安氣息影響的，只有倫子與真由美，以及一心只想踢開皮包的節子。

小女孩的眼睛筆直望向母親支持的歌人。節子覺得自己不能閃躲女孩這種注視。她回視小女孩。真由美咧嘴一笑。宛如海狸的大門牙露出，節子也回以笑容。

接下來的講評都是些不痛不癢的意見。直到最後一棒的友部也是說些四平八穩的話。負責總評的會長，默默將手上的稿子收進文件夾說道：

「今天的例會很遺憾，沒有人真正在講評歌集。」

生涯學習中心一樓的化妝間，走出幾名肥胖的中年女人。好像是合唱團下課了。她們人手一冊夾著樂譜的檔案夾。也許是習慣結伴行動，按照走出化妝室的順序列隊前進。與她們擦身而過走進去後，只見佐野倫子站在五間廁所的最前方。節子喜歡廁所與鏡前空間都很寬敞的設計，所以沒有使用會議室所在的三樓化妝間，特地跑來一樓。

關著門的廁所只有一間。裡面大概是真由美。節子微微弓身點頭面對鏡子。

幸田女士，倫子說著踏出一步。若要針對今天的講評徵求她的意見會很麻煩。節子看著鏡中的對方，停下開粉盒的手。或許是燈光的關係，倫子蒼白的臉頰顯得更白。與之前自信十足誇獎節子的歌集時不同，隱約有點畏畏縮縮。老實說，如果可以避免，節子實在不想與這個人扯上關係。

「今天的講評，妳沒生氣吧？」

「大家本來就是自由發言，所以無所謂。沒什麼好生氣的，況且在那個場合就算被誇獎也不會特別高興。彼此彼此吧。」

鏡中的倫子垂下眼簾。無法判斷她對節子的態度是解釋為自暴自棄，或是逞強嘴硬。節子暗忖最好別再繼續對話，一邊拿粉撲按臉頰與鼻頭。

真由美從廁所出來了。倫子對女兒招手催她洗手。一對很尋常的、令人會心一笑的母女——直到真由美在節子旁邊的洗手台挺腰伸長脖子，把水藍色襯衫的袖子捲起來時，這個印象動搖。水龍頭自動流出的水花下，真由美開始搓洗雙手的手臂自手肘往上，滿佈斑駁的淤青。有舊的也有新的，內出血導致顏色從紫色到黃綠、黃色，宛如密集種在一起的三色堇。

不知有多少人能發現那是指尖掐出的淤青。節子想起自己小時候手腳上五顏六色的淤血痕跡。在人前即使被掐也不准皺起臉或哭泣，不知真由美又是如何。她想像那個講評他人詩歌的母親，在會議桌下偷偷掐女兒手臂的場景。

可以輕易想像，光是保持笑容就費盡力氣，根本不可能有多餘的力氣哭。她在鏡中與女孩四目相接。這是她第一次覺得清澈的眼睛令人毛骨悚然。

倫子猛然扯下女兒的袖子。正在洗手的真由美，襯衫袖子濕了。節子隔著鏡子看佐野母女。她與拿手帕替女兒擦完手的倫子，這次直接對視。溫婉的公主形象消失，露出窺探的眼神。

「幸田太太，我們還沒有好好聊過呢。」

「是啊。很少在例會以外的地方碰到。」

真由美躲在倫子的背後。

「好像從新年春酒散會那次同行後就沒見過吧。」

節子想起那天第二攤結束後，倫子的丈夫開車來接她時順便把節子送回家。一方面也是因為車內很暗，雙方只說了幾句拜年的話。雖無強烈印象，但她記得他給人的印象不錯。也許是因為聽說他是百貨公司老闆的侄子。

拜託別再繼續這種空泛的對話了。倫子把女兒的身體緊緊摟到腰邊，以僵硬的表情又說道：

「妳還記得嗎?去年聯合歌集的評論，妳不是選了我寫的短歌?那時妳寫道『此人也許以撒謊為樂』，讓我看了很高興。雖然寫出來的東西不同，但當時我想，我們的想法或許是一樣的。」

樣樣都是日常流水帳的乏味無聊中，唯有佐野倫子的短歌令人感到充滿謊言。記得短歌的內容是吟詠她與女兒看著溫柔的丈夫照料玫瑰。特地以三十一個字描寫家庭風景與日常生活小小幸福之舉，若隱若現臭不可聞的偽善與自我顯示欲，令她的短歌異樣惹眼。

「這位歌人的魅力，想必是不得不透過作品展現善意與幸福的這種創作過程的扭曲。」她如此總結。雖是率直的感想，在短歌會卻不受好評。

「這是我個人的解釋。如果未能正確解讀，是我能力不足。」

倫子搖頭。凝視節子的眼眶泛紅。節子把手上的粉盒丟進ITAGAKI[5]的馬鐙形單肩背包。輕輕揮手準備走出化妝室時，節子被倫子叫住。

「改天可以給我一點時間嗎？什麼時候都可以。我想和妳邊喝茶邊好好聊一聊。」

「聊短歌嗎？或者聊妳的家庭？拿別人的家說長道短當話題，不合我的脾性。家庭主婦的閒聊，總是環繞同樣的話題。我每次都在想，如果目的只是要說話那麼自言自語不就夠了。」

倫子從肩上的托特包取出巴掌大的記事本，迅速寫下什麼撕下。

「這是我的手機號碼。隨時都可以，等妳有時間願意跟我聊時請打電話給我。」

為了立刻抽身，她只好微微點頭接下。

「如果無法跟妳連絡還請見諒。」

---

5 ITAGAKI：北海道的皮包品牌。

「不敢當。我知道這是我自私的要求。」

節子迴避那迫切的眼神，把紙條放進皮包。不管倫子在煩惱什麼、有什麼壓力，都不足以構成她傷害小孩身體的理由。與其向他人懺悔還不如趕緊停止那種行為。她若選中節子作為懺悔對象，那麼節子說什麼都得逃避那種麻煩。節子在心裡嘀咕拜託饒了我吧，一邊朝真由美微微揮手。小女孩與母親一模一樣的大眼睛流露不安的神色，也朝她揮揮手。

夏日的太陽逼近海面，令朱紅色更濃。眼下可見釧路川河口架設的幣舞橋。河口彼方是染上朱紅的太平洋。深藍色小汽車前，夕陽美得奪目。節子想起開例會時連續打來的二通電話。她抓著黃色皮革點綴四葉鉚釘的手機鏈，從皮包取出手機。

一看來電顯示是「事務室」。若是喜一郎應該會用手機打來。那麼就是俊子了。她想起今早看到的臭臉。就算對方問起工作上的事，節子也答不上來。本想視而不見，但事後會更麻煩。她根據來電顯示回撥事務室的電話號碼。

「夫人，妳現在在哪裡？」

從未聽過俊子如此高亢的聲音，令她不禁將手機自耳邊拿開。她回答在生涯學習中心的停車場。

「快點，妳快去市民醫院。從那裡過去應該五分鐘就到了。如果沒把握開車，就搭計程車。總之妳快去！」

「等一下，妳憑什麼劈頭就這樣命令我？有什麼非去不可的理由？」

可以感到手機彼端吸了一口氣。俊子自喉頭擠出聲音說：

「社長出事了。詳情我不清楚。總之已被送去市民醫院。我一到事務室，就接到警方的電話。請妳快去醫院。」

不等對方把整句話說完，節子已掛掉手機鑽進駕駛座。

握著方向盤的期間，她冷靜得連自己都驚訝。也沒有闖紅燈或急踩煞車。體內，有種力量讓她在親眼掌握事態之前什麼也不放在心上。綠蔭濃密的行道樹葉片也一一入目。節子只是用力思索被送去醫院的意思。這表示喜一郎活著。他沒死。

她平穩地駛過蜿蜒的坡道。一如俊子所言，五分鐘就抵達支撐這個地方都市近二十萬人口的市民醫院。天空的朱紅色更深了，將白色建築整體染紅。

在綜合櫃台報上姓名，對方立刻指引她去加護病房那層樓。從那層樓的護理站，走出一名戴眼鏡的護理師。青筋暴露的手抱著病歷夾。名牌寫著「主任」。

「您是幸田喜一郎先生的太太吧？幸田先生正在手術室。詳細狀況等開完刀後，執刀醫生回來會向您說明。您要在這裡等候嗎？若要離開時請先說一聲去向。」

此人沒有露出「不要緊」的神色，微笑只是為了傳達目前所知的訊息。那種笑容以「妳再繼續追問我也無法回答」的意味凝固在臉上。

目送護理師走進護理站後，一名看似神經質的男人走近。男人給她看證件，自稱是釧路警署的人。警察像要照本宣科般確認節子的姓名與作為妻子的身分。

「地點在道道一四二號線，北太平洋海岸公路妳知道嗎？」

她點頭，便衣員警的表情略微緩和。

「昆布森一帶有個下坡不斷出現大轉彎的地方。出事現場是最後一個轉彎。根據我們接到的現場報告，當時好像是以相當快的車速撞上。」

他說「幸好車上只有一個人」後，察覺失言不禁撇嘴。她覺得腦中沒有聽進任何話，只是納悶喜一郎究竟想去哪裡。

「不好意思，請問車子當時是要往哪兒走？」

他皺起的眉頭，在回答後也沒放鬆。

「好像是沿著海岸公路往釧路方向行駛。」

喜一郎到底是從何處回來？

警察說，喜一郎在最後一個轉彎撞上擋土的水泥牆。

平靜地目送警察離去後，節子走進可以使用手機的區域。她向接起電話只喊了一聲「夫人」便沒下文的俊子簡短說明狀況。就像在背台詞。俊子也只是簡短回應。

她把臉湊近窗口。照亮道路與停車場的路燈開始膨脹。好像起霧了。她凝神注視夜霧，拿不定主意是否該通知澤木。如果澤木知道了，一定會趕來。她遲疑的理由僅此而已。要和白天幽會的男人一起翹首等待丈夫從手術室出來，會令她心情沉重。

事到如今節子仍不免驚訝，必須通知的人數未免太少。長期住在標茶醫院的婆婆，在她與喜一郎登記結婚的翌年就死了。喜一郎沒有帶新婚妻子去參加喪禮，把骨灰放進納骨堂後便早早回到釧路。

據說，他和父母早在二十年前他關閉招牌公司開始經營賓館的時候便已斷絕關係。喜一郎接到死訊後，曾經笑著將雙親痛罵「教師的兒子居然做色情行業」的事告訴她。

「叫我放棄念美大的理由竟是貧窮，很好笑吧？他倆都是沒吃過苦的家中老么，所以只擅長撒嬌。還好意思跟我要生活費。到我關掉招牌公司為止都有寄錢回去。他們跟妳無關。妳用不著去參加喪禮。」

他與父母的過節，似乎不只是因為父母反對他的新生意，但當時節子也沒追問。

霧從海這邊緩緩爬向街頭。

三個小時後，她被帶進房間聽取執刀醫師的說明。口很渴，卻不餓。眼鏡深處散發溫和氣質、看起來才三十五歲左右的外科醫生，以不帶感情的口吻開始說明。

外科處置沒有問題，他說。

「頭部受到撞擊，臉部與頸椎受傷嚴重。肋骨全斷了。另外，關於鼻樑骨折建議日後再做一次整形外科的手術。顴骨粉碎，現在以鋼釘固定穩住眼球。至於皮膚，我想還殘留這次沒能清除的細小玻璃碎片。」

醫師稍停片刻又說，前提是在意識恢復的情況下。

「那是什麼意思？」

不可思議地，二人的聲音都沒有抑揚頓挫。

醫師把頭部斷層掃描片插進讀片燈箱，指著白色的部分。節子凝視被指出的地方。據說那是頭蓋骨凹陷，大腦受到嚴重衝擊的部分。

數十秒的沉默後，她問醫生這是否表示病人已經不可能清醒了，醫師說那個可能性極高，然後合起手上的病歷。

醫師背後站著面無表情的護理師。是剛才從護理站出來的主任。節子很想看看當自己心神大亂時這個女人會以什麼表情跑過來。

她已分不清自己在想什麼、該如何是好。醫師開始以指尖轉動手上的筆。察覺節子的注視，他把筆放到病歷上。她抱在胸前的皮包內，忘記關機的手機開始震動。

護理師朝皮包掃了一眼後，說：「我帶您去加護病房。」

來到走廊。眼前是拿著手機發呆的澤木。他掛斷電話後，皮包內的震動也停止了。看到護理師陪同的節子，他快步走過來。杵在眼前，「怎麼會？」澤木說。節子點點頭，也停下腳步看著他的眼睛。澤木這才霍然回神，從外套的胸前口袋取出名片夾，遞給護理主任一張。

「我負責幸田先生公司的會計事務。若有我能做的，請儘管吩咐。」

護理師向節子確認後，把澤木的名片夾進病歷夾。

能夠進加護病房的，只有親屬。穿上消毒衣與口罩、不織布帽子後，她在最靠裡面的喜一郎床畔站定。嘴巴與手臂、覆蓋白布的身體各處，都有維繫生命的管子伸出。頭部與臉部也包著大片紗布，如果不說還真看不出那是自己的丈夫。細微的電子聲不停傳達出喜一郎還活著。

喜一郎向來比節子早起。她一邊暗想好久沒見過睡著的丈夫了，一邊低喊爸爸。

悶在口罩裡的聲音，聽來像是別人。喜一郎會感到痛苦嗎？爸爸。她再次試著出聲喊道。

真正想問的事開不了口，喜一郎已沉睡。

在霧越來越濃的停車場，坐上澤木車子的副駕駛座。連嘆氣都嫌累。澤木發動引擎，儀表板上的數位時鐘顯示現在是十一點。霧氣碰到擋風玻璃，化為絲絲水線流入雨刷。雖是八月，到了夜裡氣溫不到二十度。光是二人坐進車內，擋風玻璃內側就開始起霧。澤木打開暖氣，把設定溫度調高。

「他恢復意識的可能性，據說不高。」

「是嗎？」

「警方說，出事地點在昆布森的下坡。」

「傍晚新聞提到了。好像是從根室或厚岸那邊回來的途中。出事的那條海岸公路，我記得是上下起伏的狹小道路。他為何要走那種地方？」

「也許是想看海吧。」

她問車禍嚴重到電視播報的地步嗎。澤木點頭。

節子從皮包取出手機。按下來電顯示的閃爍光點。出現節子的母親藤島律子的名字。來電次數是三次。

澤木咕噥：「他是去那邊兜風嗎？」

「他一早就出門了，想必往東走得很遠吧。」

前提是，如果他真的開車跑了一整天的話。節子凝視擋風玻璃新出現的水線說：

「厚岸那邊，有他以前的情人。」

澤木默然。

「我不相信他一整天都聽著帕華洛帝在兜風。八成去厚岸摸魚去了。」

節子說，那也無所謂。澤木深吸一口氣。

「幸田醒來的可能性如果不高，那我想拜託你一件事。可以嗎？」

節子請他代為尋找喜一郎的獨生女小梢。既然今後狀況未卜，還是先讓小梢見他一面較好。即便是下落不明的女兒，畢竟是他唯一的骨肉。

她走下澤木的車子。朝自己的車子走去時，衣服與皮包都濕了。霧帶來海洋的氣息。拿手帕擦拭有海水味的脖頸與手臂後，她發動引擎。只見澤木的車子駛離停車場。

2

翌日，她去釧路車站接非要從厚岸過來不可的律子。由於整晚昏昏沉沉一再醒來，後腦仍有鈍痛。街頭大霧瀰漫，仰望天空也不知太陽在何處。

也許是對打了三次電話女兒都不接已忍無可忍，律子在凌晨直接打電話到皇家。

「我問妳，爹地到底怎樣了？我在電視上看到名字立刻打妳的手機，結果妳一次都不接。」

她從一開始就只顧著罵女兒，對話毫無進展。到底是想問病情還是想讓女兒道歉？八成兩者都是，但一時感情衝動，好像無法判斷優先順位了。

節子閃爍其詞，律子在電話那頭怒吼：

「總之我明天一早搭七點三十五分的列車過去。妳到車站接我！」

昨晚對俊子說明後已無力再對律子重複同樣的說明。節子心想等母親在加護病房看到喜一郎自然會明白，於是沒有阻止母親。

把車停在車站入口附近，列車預定抵達時刻八點二十四分過後不久律子便出現了。身穿紫色寬鬆T恤，圍著豹紋圍巾，黑色長褲。她一邊四下張望一邊對旁人射來的視線多寡耿耿於懷。

律子的身材與她二十歲生下的女兒差不多。有人說節子長得像母親，也有人說她長得與父親酷似。長得像父母有多麼重要，節子不明白。

律子發現女兒的車子後，立刻挺直腰桿，步伐變得從容不迫。她故作高貴絲毫不願讓人看出她來自鄉下的模樣，只能以滑稽形容。

律子一鑽進副駕駛座就以喝酒燒壞的嗓子說：「辛苦了。」毫無立體感的濃妝配上廉價耳環，手上戴滿戒指。中指戴的是碎鑽環繞的翡翠。之前沒看她戴過這樣的款式。律子的鼻子哼哼有聲。

「上次廟裡的住持太太邀我喝茶。去了一看原來是到府推銷珠寶。住持也說，翡翠可以提升五德[6]。價錢只要百貨公司的一半，還可以分期付款，所以我就買了。」

節子對副駕駛座上正在繫安全帶的母親粉紅色指甲投以一瞥後駛出車子。

抵達醫院前不停向節子發牢騷的律子，在加護病房看到滿身紗布與管子的喜一郎時，愣了片刻。節子早已無法明確記得，昨天早上一起喝咖啡時丈夫的那張臉。

「妳懂了吧。這就是現實。」

律子似乎沒聽見女兒說的話，握著喜一郎扎了針的手開始哭泣。

「爹地，爹地，你睜眼啊。拜託你快醒醒。」

二名護理師趕來。從兩側包夾這個一拉住病患的手就頻呼「爹地」的女人。佩戴主任名牌的護理師問節子此人是誰。

「母親。我母親。」

病患妻子的母親。二名護理師依序移開視線，頓時面無表情。

「媽，妳這樣會吵到其他病患，還是先去走廊再說吧。」

把手搭到母親適度渾圓的胳膊，潮濕的體溫立時透過掌心傳來。意料之外的溫

6 五德：五種德行。一說是溫、良、恭、儉、讓，也有人說是指仁、義、禮、智、信。亦有人說乃金、木、水、火、土這五行之德。

熱，令她倉皇縮手。雖無任何證據，但她認定昨天喜一郎就是去見這個女人。

律子長嘆一聲，同時在走廊的長椅坐下。眼影已暈開，在眼睛下方形成黑眼圈。律子以熟練的動作自尼龍包取出粉盒，拿面紙開始重新化眼妝。

律子在加護病房的醜態或許早自她離開厚岸時就設計好了。律子從以前就有這種毛病。比起感情與心態，她更在乎別人會怎麼看待她。這是在小地方做生意的女人特有的處世之道。

「喂，妳為什麼還能這麼冷靜？」

節子回答並沒有，律子嗤之以鼻。

「妳從小就是個讓人摸不透在想什麼的孩子。才剛覺得妳異樣冷漠立刻就見妳定睛觀察大人。妳是個很難纏的小孩。就連妳老公生死不明的時候，也板著那張面具臉。妳好歹稍微給人家看一下難過的樣子嘛。怎麼老是這樣陰陽怪氣。」

她朝長椅走近一步。律子本來還想再刺一句，仰望女兒的瞬間立刻把話吞回去。她也沒掩飾尷尬的表情，說聲要去上廁所就站起來。視線等高的同時，律子轉身邁步走去。唯有包裹在長褲裡的屁股異樣生動。剛才感到的體溫，與其說是血親毋寧是血肉本身。節子看著左手手掌。

律子說中午之前要回到厚岸，於是節子又載著她，沿著大霧瀰漫的道路往東走。節子選了道道一四二號線而非國道四四號線。對於經過車禍現場毫不遲疑。她想確認喜一郎到底是不是去厚岸。

穿過白樺台，不久便出現北太平洋海岸公路的標誌。距離厚岸三十八公里。本該是沿海公路，道路兩旁卻幾乎都是樹林。由於風勢平穩，霧一直時濃時淡。

接下來有段路都是直線道路。穿過城山隧道後，來到連續急轉彎的上坡。是昨晚警察說的車禍現場。

副駕駛座的律子坐立不安，一下子看皮包裡面一下子偷窺後視鏡。節子逕自踩油門。

「妳開太快了吧？而且這條路，就是昨天爹地出事的地點吧？妳到底在想什麼？幹嘛特地走這種路，走國道不就行了。」

話還沒講完已抵達車禍現場。節子盡量把車子靠路肩停下。解開安全帶打開駕駛座這邊的車門後，律子吐出一口長氣。

彎道右方以水泥磚做成擋土牆鞏固。節子走近出事車輛拖走後的現場。一看之下有很多磚塊都碎了。除了車子的擦痕，路肩的土也被削去一大片。仰望路面並沒有打滑的痕跡。

節子環視霧氣潮濕的周遭。她試著想像昨天傍晚行駛這條路的喜一郎。這是海岸公路最後一個急轉彎。若朝坡上仰望還有同樣大弧度的轉彎連綿不絕。

喜一郎應該在他自豪的汽車音響裡放了五張CD。從帕華洛帝到瑪麗亞・卡拉絲、木吉他和皮亞佐拉的探戈組曲。喜一郎靠著虛報賓館營業額多出的錢來支撐他的嗜好。覺得那樣很矛盾的節子，自己的生活其實也一樣。

沒有煞車痕，也看不到鹿和狐狸。只有鮮明的車禍痕跡留在水泥擋土牆上。

回頭看停在對向車道的車子，只見律子打開副駕駛座的車門在抽菸。她似乎無意檢視車禍現場。節子撫摸了一下喜一郎的車子削過的擋土牆，回到駕駛座。

「滿意了嗎？雖然不知道妳來這種地方到底在想什麼，但妳這個女人真的很惡劣。太惡劣了。」

「妳這話是什麼意思？」

「跑來老公差點撞死的地方，也不哭，只是乾杵著。看到妳我就渾身發毛。真不知道爹地到底看上妳哪一點。」

她繫上安全帶。律子把菸按在柏油路面弄熄。把菸蒂往路肩一扔關上副駕駛座的車門。第一次門沒關緊。她嘖了一聲再次重關。律子瞄了一眼駕駛座後，憤然命令節子趕緊開車。

穿過上坡多個急轉彎後，來到俯瞰大海的崖邊道路。律子如釋重負望著擋風玻璃及駕駛座那邊的景色。

厚岸町的標誌出現後，海水味變濃了。東有濱中町，北為標茶町，西與釧路町相接，這是人口一萬的漁鎮。南有厚岸灣深深內凹，與湖泊相通。緊貼山脈的，就是市區。

節子小時候，每到中元節前，行道樹上及店門口都會掛出許多中元燈籠，但時代已經不同。以前各區隔著橋競爭勢力時，街上至少還有一點活力。

節子與律子都是在這鎮上出生長大的。

小時候還有點來往的舅舅，曾經自傲地說自己與律子都是早年船老大的孩子。若是照「鈴蘭銀座」那些媽媽桑的說法，真真假假有很多版本。

律子沒離開過鎮上一步，據說二十歲就開了酒吧。是生下節子那年。某個媽媽桑告訴節子，律子剛開始做生意沒多久就懷了流浪船員的孩子。那就是節子的父親。船員不會在厚岸定居。節子想起媽媽桑們對著年幼的她說那些話，提到男人不再光顧時的憂愁神情。

節子在「鈴蘭銀座」的中段停車，吐出一口長氣。匆匆下車的律子轉過身，把頭湊近駕駛座說。

「我忘了妳多少年沒回來了，但若讓妳就這樣走我更不舒服，所以進來喝杯茶再走吧。」

節子當然可以直接甩開她絕塵而去。但節子將引擎熄火，下了車。有件事，她無論如何都想確認。如果喜一郎已無望醒來，那她只能問律子。

淺褐色塑膠招牌上以黑字寫著「巴比阿那」。據說是當初開店時請廟裡的住持寫的。店面後方是住家，節子直到中學畢業為止都住在這裡。一踏入散發著菸、酒、及母親身邊待過的男人們那種潮濕氣味的店裡，霎時被拉回過去。

自從上高中後她再也沒回過老家。高中時忙著打工，在澤木的事務所上班時也以忙碌為由繼續躲著律子。與喜一郎結婚後，律子開始不時跑來釧路。叫節子帶她去逛特賣會替她付錢買下各種東西，而且每年總有這麼一兩次。

母親來釧路的事，節子從不曾隱瞞喜一郎。對於每次都會包個紅包的丈夫，她一直盡量不在感情上違逆。

「妳就盡點孝道嘛。」這是母親邀約的說法。律子毫不客氣地接下裝錢的信封，仗著女兒的錢包肆意挑選華麗的衣服。

故鄉的街景冷清，連個鬼影子都沒有。店內倒是一成不變。給客人存酒用的架子上，排放著掛了名牌的威士忌與燒酒。就塵埃的厚度看來八成大部分都已擺上好幾年沒動過。

母親也曾謊稱健康惡化接受過生活補助，但她不時受託出租店面，而且菸酒不離手的情形，一旦被民生委員發現，補助就此取消。

這些情報都是在特賣會場及中午吃飯的蕎麥麵店，從律子口中聽來的。

鑽過吧台後方掛的藍染長布簾，短短的走廊彼方是二間三坪大的房間。靠裡面的三坪，十五年前是節子的房間。現在放著雙人床。無論電視的位置或桌子，客廳部分幾乎一成不變。

節子進屋後最不高興的，就是這二間房間打掃得異樣乾淨。有男人出入時會勤於打掃是母親的習慣。對象會在短時間內替換。時間最久的是喜一郎。喜一郎與律子從節子十歲到她上高中為止，總計來往了五、六年。不過這都是喜一郎說的，律子又是怎麼看待這件事，真相不得而知。

和交往的女人不起衝突，分手後也會不時照顧一下，這是喜一郎一貫的做法。但他倒也不會死灰復燃一而再、再而三地吃回頭草。若指出他的嗜好古怪，他會說只是希望曾經共享過美好回憶的女人能夠得到幸福。

「如果來找我訴苦缺錢有困難，那我多少都會借一點。我最討厭被女人記恨了。這和喜不喜歡是兩回事。用不著對方回報。那樣太難看了。」

她自認也不是因為喜歡才嫁給他。過去她只把丈夫的風流韻事當成笑話。

實在很難相信喜一郎會為了聽帕華洛帝開車兜風一整天。若是在厚岸的女人那邊休息，傍晚再回到釧路的話，下午四點左右在昆布森出車禍就說得通了。

節子轉身眺望客廳的牆壁。天花板與紙拉門之間短短的牆壁上，貼了很多張節子自小學到中學的獎狀。沒有裱框，因此已被律子和男人們抽的菸給燻成茶色。有讀書心得比賽北海道知事獎、本地報社主辦的青年文學獎、兒童現代詩大獎。母親只有在她拿獎狀回來時心情很好。正因心情好，翻臉不認人的瞬間更可怕。

對當時的節子而言，母親的心情好，掐她或打她的時間相對地也會稍微減少，這樣就已足夠了。為了保護自己而得來的獎狀，如今仍舊貼滿老家的牆壁。梗在喉頭的異物，終於落到胃裡。

「聽說妳前不久出書了是吧？我聽住持太太說報紙刊登了報導，嚇了一跳。原來妳在寫短歌。妳好像從小就愛寫文章。」

邊把滾水倒入茶壺邊瞇起眼，叼著菸的律子朝牆上的獎狀努動下顎。瞇起眼是她不願讓人察覺情緒時的習慣動作。

「自費出版就算再便宜也要一百萬吧。難道妳有私房錢？」

「是爸爸出的錢。」

「噢？那本書，賣得好嗎？」

「不是用來賣的。已經被我到處送光了。」

「搞什麼，聽起來太遜了吧。不過妳怎麼會變成釧路人？住持太太看了報紙報導，好像還打電話到報社問他們是不是和厚岸搞錯了。結果採訪記者出面，跟她說就是釧路人沒有錯。人家說向作者本人確認過，就沒人想到作者本人會說謊嗎？不過爹地為了配合小妻子的興趣可真辛苦。」

律子唱歌似地說，在放了茶包的馬克杯注入熱水。

「房間收拾得挺乾淨的嘛。是不是有什麼好對象？」

「怎麼可能。」

朝女兒手邊瞄了一眼後，律子以陰濕黏糊的聲音笑了，然後長嘆一口氣。

「我已經沒那個心力和體力了。男人我是受夠了。現在這麼不景氣，有錢的男人難得一見。危險的傢伙我可是敬謝不敏。」

「那妳這個房間為何收拾得這麼乾淨？」

「喂，一陣子不見妳怎麼變得這麼囉唆。妳講話難聽也就算了，我就當作是爹地發生那種事的關係不跟妳計較，但妳最好別再打聽。」

「被我打聽會有什麼不方便嗎？」

律子歪起眉毛與嘴巴，露出「簡直討厭透了」的表情。嘖了一聲，用抽菸來掩飾。

「不談那個了，萬一爹地死了妳打算怎麼辦？」

她啞然。律子朝桌子那邊的節子探出身子。眼睛瞇起。薄唇緩緩張開。

「那間賓館也很舊了吧。妳一個人要經營，恐怕沒辦法吧？」

「妳到底想說什麼？」

我是說——律子壓低嗓門。

「還是賣掉落得無事一身輕比較好。這年頭與其做那種沒前途的生意，還是這樣更明智。只要是做母親的都會擔心孩子。妳可是我唯一的女兒。對了，妳可以去找那個叫什麼來著的稅理士商量呀。他不是妳的那個嗎？」

律子說著豎起大拇指比劃。

頓時，本來臉頰與嘴角一直往上挑的律子臉色一變。視線盯著女兒皺起的眉心，朱唇半啟。節子做了二次深呼吸。律子似乎也已有所覺悟，又點燃一支菸。

「爸爸昨天來妳這裡了吧？」

「那又怎樣？有什麼關係，我們本來就是老交情。妳應該沒資格批評我們吧。我可是不吵不鬧默默和他私下來往，所以妳還應該向我說謝謝呢。到了爹地那種年紀，總會有年輕女人關照不到的小地方。我只是稍微填補了一下那種地方。妳自己還不是也向外發展。妳應該沒立場指責爹地吧？妳最好趁早搞清楚，想找我算帳是找錯人了，死丫頭！」

節子詢問是幾時開始的，律子把下顎一伸，像唱歌般低喃。

「我們從來沒有分手過。」

她與澤木的關係，和喜一郎自己與律子藕斷絲連，真的可以扯平嗎？她在想，一個人的心情是否可能有扯平這回事。

律子叼著菸，對快要沒瓦斯的打火機很惱火。節子起身，俯視母親。律子的粉紅色指甲夾著涼菸，眼睛倏地仰視節子。節子對著那畏怯動搖的眼眸溫柔微笑。

「幸田喜一郎死了會有麻煩的，不是我應該是媽吧？」

這麼想的話，自然也能理解律子何以慌忙去醫院了。喜一郎萬一無法恢復意識時的後果，律子在抵達厚岸之前必定已絞盡腦汁思考過了。如果她想了半天最後做出的答案是討好女兒，那麼至少必須肯定她的努力。

節子吐出一口氣。仔細想想，不管說話再難聽，母親都已無法再傷害自己。哪怕母親把想得到的話全都搬出來破口大罵，她也不會受傷。自己根本不需要這個母親。自呱呱落地以來，一次也不曾需要過。

她很羨慕決定不再醒來的喜一郎。沉睡的底層是夢的王國。再也不會被誰干擾，可以盡情享受一個人的世界。

她一直認為自己從來沒有愛過幸田喜一郎。她深信自己是被金錢引誘，因金錢維繫這段關係。只要手邊有適合的男人便可輕易填補縫隙，不管做什麼都不會心痛。

心痛，究竟是怎麼一回事？

「妳就是這樣才會被男人擺布。妳做的事，就等於藝妓屋打雜的丫鬟。死丫頭，快給老娘滾！」

律子把打火機往桌上一扔。

＊

澤木為了尋找幸田梢，決定先去拜訪她的親生母親。當初幸田離婚時澤木在保證人那欄出借名字是唯一的線索。六年前，喜一郎是在澤木的事務所填寫離婚協議書。影本應該還留在某處。於是他把當時的文件夾一一翻開。

「老師，您在找什麼？」

木田聰子嘀咕說幹嘛趕在正忙的節骨眼上。他回答要找離婚協議書。

「比起離婚協議書，您還是先找結婚申請書吧。」

木田把澤木桌上未完成的文件搬到自己桌上。翻了快一個小時的舊檔案總算找到影本。

石黑美樹。他確認幸田喜一郎第二任妻子的姓名。住址好像是浪花町的某戶獨棟建築。也許是老家。哪怕已經再婚，親生母親不知女兒下落未免太說不過去吧。想到這裡，他忽然感到不安，於是試探著問木田：

「女兒不把自己的住處告訴母親的機率，妳認為有多大？」

「離婚協議書之後又來個母女問題嗎？我不知您涉及什麼事情，但我想這應該不是機率的問題吧。」

「不把下落告訴父親和母親，這是二十歲的小女孩做得出來的事嗎？」

「您的想法太循規蹈矩了。當然說您想法健全是比較好聽的說法。正因是二十歲的小女孩，才能夠不和父母連絡也若無其事吧？」

木田一邊照顧臥病在床的九十歲老母親一邊工作。

「譬如我，現在六十歲，若是能夠不與父母連絡我愛怎麼工作都行。薪水若能只用在自己身上，我想去哪兒都行。您說有沒有那樣的地方？」

「我給的薪水不夠嗎？」

「我不是說那個。我只是覺得如果回家會有比工作更煎熬的環境在等著，任何人都會心情扭曲。甚至無法再談什麼父母子女。」

二十五歲過後就照顧腦梗塞的父親。剛送走父親又開始照顧母親的她，始終未婚。澤木為自己無聊的問題致歉，拿起電話，抱著碰運氣的心態按下疑似石黑美樹老家的電話號碼。

接電話的是石黑美樹的兄長。「你是誰？」被對方以沙啞的嗓音如此質問後，費了一番工夫說明原委才問出他妹妹的連絡方式。

「幸田先生的事真令人遺憾。他這輩子個性雖好，就是好色的毛病改不了。阿彌陀佛，阿彌陀佛。」

要掛電話時，在此人的心中喜一郎已經死了。澤木也懶得一再重申喜一郎只是重傷昏迷，道謝後便掛上電話。

小梢的母親據說已經再婚，目前住在柳町。雖然抄了手機號碼，但是想到自己每次複誦，石黑美樹的哥哥都會訂正號碼，要撥這個號碼實在需要一點勇氣。不知幾時才能循線找到小梢？他懷著很想仰天長嘆的心情按下抄寫的號碼。

「你打聽小梢的連絡方式做什麼？」

石黑美樹說她拿的贍養費是與女兒斷絕關係的分手費。

「他們已經和我沒關係了。那個人是死是生，我都不在乎。就算他死了也別通知我。我想小梢應該也抱著同樣的想法吧。」

「或許與妳無關，但小梢小姐可是他的骨血。這樣將來不會後悔嗎？」

「若能在那孩子身上培養出那種情緒，拋棄她倒也算有意義了。」

她狠狠譏刺後終於說：「我妹妹或許知道。」她說妹妹在末廣經營雞尾酒吧。澤木在紙上寫下「滴」酒吧，底下註明姓名是石黑加奈。電話號碼是店裡的。

「謝謝您的來電，雞尾酒吧『滴』於午後六點開始營業。今晚也恭候您的光臨。」答錄機裡的聲音和她姐姐很像。

半年前找他商量經營問題的水產公司社長，中午打電話來。

「我已經決定這個月之內就關閉工廠。手續方面的問題，又要麻煩你了，還請多多幫忙。」

理由不問可知。他一心指望的兒子，對這不划算的買賣徹底放棄了。那是間體質古老的小工廠。顧及原料費高漲及人事費用，越工作只會讓生產者越發掐緊自己的脖子，形成惡性循環。對方來商談時，做出這種試算的就是澤木。

半年前，社長說，某大型量販店上門洽談，他不知如何是好因此找澤木商量。

「若與這個客戶簽約，連心臟都會被挖掉。」

澤木對這種掐住製造業者弱點的做法很憤怒，但是會被這種公司盯上，也是因為本身業績太差只好任何生意上門都搶著接。被裁員的兒子正好也在這時回到父親身邊。

社長深信只要兒子肯接手便可重振雄風，在簽約的超市開始惡性殺價時駁回了澤木提出的建議。工廠關閉在某種程度上是早已料到的結果。

木田開始沖泡午餐要喝的茶。他索性回住處房間打節子的手機。響到第三聲時節子接起。

「睡得還好嗎？」

他告訴節子已找到小梢的阿姨，今晚打算去「滴」拜訪。

「謝謝你，老師。我這邊不要緊。今早我娘家的媽媽來醫院探視，我剛送她回去。現在正要回釧路。」

風聲不時打斷話語聲。她似乎在戶外。

「被妳一說才想起，妳的老家在厚岸吧？」

「我跟你說過嗎？」

「妳的履歷表上不是這麼寫的嗎？也好，妳能開車我就不擔心了。等我拿到市民醫院的診斷書就去辦保險手續，麻煩的事妳不用想太多。」

節子叫他猜猜現在人在何處。澤木回答八成是厚岸。她問厚岸的哪裡。

「我哪知道啊。」

節子說，我在海邊。聲音變得格外開朗。澤木不知道在昏暗的房間裡該望向何方。他不確定自己該說些什麼。節子似乎感到澤木的困惑。她笑了出來。

「沒事。我不會做傻事。只是普通的海灘。小時候我常在這裡玩。我媽和男人的關係很複雜，有男人來家裡時我總是在這裡玩。以小孩的腳程離家大約二十分鐘，等我一個人玩了三個小時的沙子回家後，我媽還罵我幹嘛這麼早回來。」

「妳以前喜歡大海嗎？」

「我沒想過喜不喜歡。現在看起來，只是很驚訝這麼美。」

「是嗎？那我下次找妳當嚮導吧。」

「我啊，很小的時候就在這裡看見別人灑骨灰。是個死了丈夫的老婆婆。她很擔心等她死後誰會替她把骨灰灑到海裡。她說她沒有小孩也沒朋友。哪天輪到我的時候，我想拜託你。」

「妳快回來。」他只能這麼回答。節子異樣的開朗，反而讓澤木產生晦暗的預感。

「跟你說喔，老師，我一直相信，這個海灘的另一邊就是美國。」

「美國？」

「嗯，美國。小時候和朋友一起來這裡，有人說海的另一邊就是美國。還說那是很大的陸地所以從這裡應該看得見。沒有人去過海灣的另一邊，所以大家一下子都相信了。」

節子饒舌地說明深深內凹的厚岸灣彼方，通往尻羽岬對岸的徐緩風景。她說已經不記得什麼時候開始發現那不是美國了，然後一個人咯咯笑。

「我也差不多。我以前一直相信高地上的電視塔就是東京鐵塔。」

澤木停頓了數秒又說，總之請妳路上小心趕快回來。同樣的話連說二次的羞赧，被他以客氣的言詞掩飾。

那晚澤木在開店時間造訪「滴」。他覺得不喝一杯不好意思，所以沒開車出門。「滴」位於鬧區外圍，是間靜悄悄的酒吧。意外令人感到寬敞，大概是因為店內設計呈L型。

黑底小碎花的和服媽媽桑，正在讓酒保搖調酒器。看到石黑加奈的瞬間，澤木不禁想像幸田喜一郎與她的關係。

他隔著吧台遞上名片。她也遞來小了一號的名片。上面印有店址及電話號碼、電子信箱。

簡短說明幸田喜一郎的狀況後，他詢問幸田梢的下落。

「小梢大約一年前在我這裡幫忙，但她帶了奇怪的朋友來，我就讓她離職了。我說這不是小孩該來的地方，但她好像不太諒解。」

「您不知道她的連絡方式嗎？」

石黑加奈取出插在腰帶的手機說：「這應該是她最新的電話號碼。」然後按下撥號鍵。數秒後，石黑加奈搖頭。號碼好像已經換了。

「她住在哪裡，您不知道嗎？」

「她好像搬家了。喜一郎先生的狀況真有那麼糟？」

「他一直陷入昏睡。要找小梢小姐的，是他的現任妻子。」

「那位太太很年輕吧。聽說是歌人。好像上個月還出版了歌集。」

「您挺清楚的嘛。」

「街上的話題我瞭如指掌。畢竟這是我的工作。」

幸田喜一郎為何沒和這位妹妹結婚令澤木感到很不可思議。他覺得做妹妹的比姐姐聰明多了。每次隱約看見喜一郎的足跡，自己與節子的關係就好像變得更透明。明明沒有罪惡感，驀然回神，卻發現體內深處淤積著令人不忍卒睹的沉澱。

他喝了一杯據說是本店特調，以白州威士忌為基酒的雞尾酒後離開「滴」。眼看週末就是夏日祭，電線上掛滿五顏六色的燈籠。澤木沐浴在潮濕的夜晚空氣中，前往石黒加奈指出小梢打工的地點。那是一間離鬧區稍遠，位於高地的速食店。走路大概要三十分鐘。這個距離用來醒酒剛剛好。

「但願她還在那裡上班。」

澤木也如此盼望。

＊

傍晚，聽取護理主任的治療報告後回到加護病房之前，只見佐野倫子站在那裡。倫子身旁是真由美。身穿長袖T恤和牛仔褲。倫子也穿著針織上衣與連帽外套和牛仔褲，裝扮很休閒。看到節子立刻跑過來。

「我看了新聞。雖然猶豫半天，還是鼓起勇氣打電話到公司，結果聽說妳在這裡。」

她說的公司大概是指皇家的事務室。曾幾何時水亞木短歌會已被趕到腦海深處。倫子說真不知該如何慰問才好，然後將視線垂落地面。節子不認為自己與佐野倫子的關係有親密到讓她在車禍翌日便趕來。

「是昨天與佐野太太分開後才知道的。還不清楚到底出了什麼事，我現在什麼都無法思考。」

倫子的眼中開始出現水光。這是哭泣的最佳場合。倫子總是在該哭的場合非常完美地落淚。無論是短歌會會長加賀七十古稀的壽宴上，或是歌人同好病死時皆是如此。倫子只要一流淚，立時成了主角。

「如果沒有明顯的變化，再過兩三天據說就可以離開加護病房。妳也看到這情況了，所以下個月的例會能否見面還不知道。」

倫子瞪大雙眼。節子曾聽某個毒舌的會員說：「她那樣是為了讓好不容易擠出的眼淚不會太快掉落。」

節子深深一鞠躬。

「讓妳擔心了，謝謝。」

倫子誇張地搖頭，把真由美推到前面。

「是這孩子說想鼓勵節子小姐。」

不知不覺已開始喊起她的名字。用這種方法拉近關係的人，節子還真沒見過。猛然抬起下巴仰望節子的真由美，有一雙乾淨得不像偽裝的眼睛。

「謝謝妳，真由美。阿姨沒事。」

大門牙又冒出來了。既然手腳遍布大大小小的淤青還能養成一臉笑容，今後不管發生什麼事應該都沒問題吧。祕訣就是「不讓對方看破，繼續笑到對方主動避開視線為止」。用不著教，真由美的笑容已遠勝節子幼年的水準。

「如果有什麼事記得隨時告訴我。」倫子說著拉起節子的手。那和律子的體溫不同，是另一種女人的溫暖。她模仿平日的倫子，將唇抿成一直線瞇眼微笑。一試之下原來意外簡單。

臨走時，真由美放開已走進電梯的倫子，自己跑過來。在電梯門五、六公尺外倚著休息區牆壁的節子，蹲身與她的視線等高。倫子按住開關鍵，高聲連喊了二次女兒的名字。真由美來到節子的身旁，再次瞪著那雙大眼睛說：

「請妳跟媽媽說話。」

節子看著電梯內的倫子。這個距離聽不見說話聲。她試著詢問真由美為何這麼說。真由美沒回答。小女孩的眼睛很亮，彷彿拚命試圖看進節子的內心最深處。真麻煩。縱使她能夠確認小女孩是否連內心最深處都被母親掐歪了，真由美的明天也不可能改變。她悄聲耳語：

「跟她說話很簡單，但我不認為那樣會愉快。若要拜託我那麼做，妳必須先成為更狡猾的孩子。我最怕好孩子了。因為我一直當不了好孩子，今後也無意變成那樣。」

真由美將視線投向節子背後的牆壁數秒後點點頭。不管她聽懂沒有都無所謂。送真由美進電梯，與不安的倫子四目相對。

「她叫我加油。真是善良的好孩子。今天真的很謝謝妳們。」

倫子把手指自電梯門的開關鍵鬆開。停頓一拍後門緩緩關閉。她看著休息區的窗子。大霧濡濕的街頭已有暮色接近。俊子的定時報告打來了。

「白天沒有什麼值得特別報告的事。兼職人員也都很冷靜地工作。我想應該可以照這樣撐到月底。」

她已經決定暫時將賓館全面交給俊子。週末就要開始夏日祭了，但俊子應該可以妥善安排。喜一郎無望恢復清醒的事，還沒告訴俊子。告訴她時，就是她必須思考去向的時候。

來電記錄顯示澤木打過電話。節子走進手機使用區打給他。說出自己在醫院後，他說馬上過來。從澤木的事務所到醫院開車不用五分鐘。她說會在一樓大廳等他。

她告訴待在護理站的主任要回家。正在護理站作業的護理師向節子行禮。

到了一樓，正好看到澤木從正面玄關走入。一般診療在下午四點結束，大廳除了幾名護理師急急行經趕往病房，只有小貓兩三隻。看到從販賣部後面出現的節子，澤木微微舉起右手。他的服裝與昨日一樣。

想到她與澤木相擁之際，喜一郎與律子也在海邊小鎮度過類似的時光，她忽然很想笑。吃飯，做愛，大家共享黑色和平。喜一郎如果沒有前往沉睡的國度，想必人人都可以佯裝不知。若說節子對丈夫有怨言，頂多也只是恨他一個人逍遙沉睡吧。

「小梢現在過得不太好。」

澤木拿著兩杯自動販賣機的紙杯裝可可，在長椅坐下。渴求甜飲，是因為他相當累。節子不知澤木所謂的「過得好」又是指哪種生活，接過紙杯。

在他們坐的長椅邊上，掛著一隻嬰兒襪。白色蝴蝶結前端綴有粉紅色絨球。

「我不知道她到底靠什麼糊口。她住在車站後面深巷裡的公寓，看起來不像是適合二十歲女孩獨居的地方。有多亂妳應該想像得到吧。」

「完全不能。」

澤木苦笑著說，她的兼差工作去年年底就沒了。

「好像是被開除。據說是手腳有點不乾淨。她以前在家時，沒那種毛病？」

「也許有，反正也是從幸田的錢包拿錢吧。」

「速食店兼職員工專用的寄物櫃，好像是兩三人共用一個。共用同一個寄物櫃的女孩，錢包好像每次都會一千兩千的少一點錢。沒有被偷的只有她，所以大家必然懷疑到她身上。就在準備問她時，她的錢包整個不翼而飛。」

澤木把沒拿杯子的左手手心啪地向上張開。可以興味盎然地把這種話題當成笑話聽，是因為她從未把小梢當成女兒看待。節子邊喝可可邊聽繼女的近況。

「結果那個錢包又出現了？」

「當時鬧了二天左右，就在過了半個月事情大約平息時，據說被打工的同事發現她拿著早就該遺失的錢包。」

「我本來不認為她是聰明的孩子，但她蠢到這種地步令我很驚訝。」

「找到她的公寓還算好，問題在於根據附近的房東表示，她的屋子好像這三天都沒有燈光。報紙好像也沒拿，平時也沒人寄信來，玄關周圍可淒涼了。唯一指望的阿姨也不知道她新的手機號碼。我實在沒辦法，只好在名片寫上我的手機號碼與幸田先生出車禍的事，丟進她信箱裡。我會再找時間過去看看，不過要等她連絡恐怕是沒希望了。」

那樣行嗎？他問。節子點點頭向他道謝。拉過來放在手心上的嬰兒襪，已經沒有嬰兒的體溫。她想起佐野真由美的眼眸。這時候的她是否又因為自己也無可奈何的理由被掐？她得經歷多少痛楚，才能領會節子在臨別時對她耳語的那番話？節子把嬰兒襪扔回原來的位置，對著澤木的側臉說：

「我有點累了。抱我一下好嗎？」

澤木把喝光的可可紙杯放到椅子上，雙手蒙著臉。即便是這種沉默，只要對象是澤木就不會覺得尷尬。

「妳真以為我有那麼強悍嗎？」

「如果你覺得不是，那也無所謂。」

澤木乾笑著從長椅站起，奪過節子的杯子與自己用過的杯子重疊扔進垃圾桶。

「那就變得強悍吧。」

二人朝正面玄關邁步。

即便是善於照顧人的木田聰子，好像也不可能替他換床單。絲絲涼意是因為澤木懶得換床單，還是從窗縫鑽入的霧氣造成的？倒在床上後，那種事已無關緊要。他們糾纏著交疊在一起。

正在肌膚相親的彷彿是與昨日不同的男人。整個肺都充斥他的氣息。從背後攫住乳房的手掌散發微微的怒氣，男人的動作停止了。澤木在攀向高峰的途中放棄了快樂。

「我覺得自己好像變成公車站或加油站。」

隨便你愛選哪個都行。節子扭身獨自沉入床單。二人的結合倏然解開。

節子整裝完畢正欲離開寢室時，澤木在她背後咕噥：「恐怕會做惡夢。」現在，在做輕飄飄美夢的只有喜一郎。節子無意識地笑了。

發動汽車引擎後，節子終於發現，自從在醫院大廳勾引澤木以後，自己就沒有開口說過一句話。

3

「立花公寓」是幸田梢所在的公寓名稱。節子把車停在馬路對面禁止停車區域外的路邊，尾隨澤木過去。接到澤木通知有小梢的消息，是在車禍發生二天後，八月四日的早上。

「該說她沒常識嗎？她好像完全沒有正常概念。一般人會因為看到名片就半夜三點打人家手機嗎？」

「也許是擔心她父親吧。」

「不，聽起來不像。」

她問不然是怎樣，澤木帶著嘆息搖頭。

「她居然問我如果她父親死了遺產會怎麼處理。離婚的母親會分到多少，母親的老公怎麼辦。還有自己能拿到多少。我在半夜三點對二十歲的女孩子說，問那種事之前應該先問一下她父親住哪家醫院吧。」

從澤木嘴裡冒出說教的字眼，大概是因為小梢在打工地點鬧出的那件事。節子非常喜歡澤木這種個性，同時也感到陌生。他偶爾流露的健全心態，總是刺激節子內心的鬼祟。與澤木在一起時的節子等於手無寸鐵。

立花公寓位於素來被稱為後站的鐵北地帶住宅區。從後站馬路拐進狹小的私人巷道後，公寓聳立在連停車場也沒有的死巷子裡。的確如澤木所言，讓一個二十歲的女孩獨居未免太不安全。

一樓與二樓各有二個房間。目前有人住的好像只有二樓。清冷的藍灰色外牆，寫著白色的公寓名稱。抬頭一看，門前馬路上的電線桿經由屋頂一根兩根地扯出好幾根電線拉過去。天空覆蓋著似乎隨時會下雨的烏雲。

她看著澤木指的方向。二樓後方據說就是小梢的房間。走上生鏽的鐵梯，前方房間的玄關口附近飄來異樣的氣味。走在前面的澤木咕噥：「這八成是燒烤內臟。」手錶指向午後一點。小梢好像交代過要來就下午來。

「把我半夜三點吵醒，自己居然睡到中午這像話嗎！我問她怎麼不去醫院，她說既然人已經昏迷不醒那她去了也沒用。真是好膽量。」

按下門鈴。門內傳來悶悶的電子聲。按下第二次後等了幾十秒。也許是察覺門外的人無意離去，門終於開了。節子立刻拿肩膀擋住門。

「早，好久不見。」

在門口披著一頭長髮嘖了一聲的小梢，來回檢視節子與澤木，絲毫不掩厭惡神色地努動下顎。這大概就是她對睽違二年的繼母打招呼的方式。

「妳不用陪著爸爸嗎？妳是他太太耶。」

「他在加護病房。我想陪也不能陪。妳不打算去看爸爸？」

「就算去了，也只能看到他睡覺的樣子吧。等他醒了我再去。」

「妳應該已經聽說他很有可能醒不過來。」

小梢迅速瞄了澤木一眼。邋遢地套著灰色運動衣褲的小梢，背後飄來香料的氣味。不知情的人也許會以為那是焚香。

節子的腦海浮現二十幾年前出入老家的年輕男人臉孔。那時律子還不認識喜一郎。那是個有張少年臉孔的男人。

男人每次來，家裡就會瀰漫陌生的香味。得知那是大麻，是警方從他身上順藤摸瓜以違反大麻取締法逮捕多名當地高中生之後。那是人口一萬的小鎮上，難得發生的大事件。律子應該也被找去偵訊過，但她沒有遭到起訴。附近的媽媽桑們還議論了好一陣子她是如何脫身的。這些風塵女子以露骨的言詞，試圖從才念小學二、三年級的節子口中套取情報。她每次都狠狠瞪視她們。

「我們來找妳可不是為了站在這種地方說話。」

小梢不情不願地讓節子與澤木進公寓。一走進玄關，氣味變得更強烈。但屋主本人似乎毫不在意。

靠玄關這邊有小廚房及廁所，附帶一體成型的浴室，屋裡只有一張鐵床。盡頭的一間寬窗子，打開窗，隔壁的外牆幾乎伸手就碰得到。不必奢談日照云云，這是個大白天都得開燈的房間。

「這裡的房租多少？」

「三萬五。」

問她哪來的錢支付，她凶巴巴地叫他們別問那麼多。窗子掛著橘色窗簾。過長的窗簾布拖在地上。替換的衣物層層堆疊在房間角落的脫衣籃。沒有折整齊。對小梢自己洗衣服表示驚訝後，小梢露骨地面帶不悅。

不可思議的是，屋裡沒有男人的氣息。也看不到電視和音響。被速食店開除已過了半年以上，即便不是澤木也想問問她到底是從哪兒來的收入。小梢在床上坐下，氣呼呼地再次努動下顎。

「站著幹嘛，隨便找地方坐。」

節子在離床鋪一公尺遠的地方端正跪坐，接著澤木也在她身旁盤腿而坐。

小梢從床下精雕細琢徒然發光的菸盒抽出一支，以熟練的動作點燃。屋裡的味道變得更嗆，澤木似乎也發現那不是普通香菸了。

菸被澤木搶走，小梢登時橫眉豎眼。

「你幹嘛。你有病啊你！你知道這一根要多少錢嗎？連東西的價值都不懂憑什麼跩得二五八萬！」

澤木把菸在盒子底下的菸灰缸摁熄。

「妳應該也沒閒到這種時候還想進拘留所吧？」

如果報警，警方會立刻趕來——這句話令小梢臉色一變。看來她就算無法想像父親死亡，警察這個字眼還是很有現實感。節子站起來，俯視在床上伸長兩腳的繼女。

小梢撇嘴露出強烈的敵意。明明不適合偏要把頭髮留長，紊亂的生活造成臉頰與下顎冒出痘子，憤然強調「起而反抗不是自己的錯」的三白眼，沒膽量去風化場所上班的窩囊，她的一切都沒有變。或許多少已嘗到男人的滋味，卻沒有累積出足以心一橫豁出去的經驗。她現在死命瞪節子就是最好的證據。以為瞪人就能有什麼作用，大概是因為無法客觀審視自己的外表。

「妳幹嘛？有話要說的話就說呀！真是惡心的女人。一點也沒變。不管我說什麼都嘻皮笑臉。反正妳還不是為了錢才嫁給我爸。像妳這樣叫做賣淫。」

「這麼艱深的字眼妳居然知道啊？」

節子俯視小梢，露出她最討厭的那種安靜到詭異的微笑。

「想說的都說完了？說完了那可以輪到我了吧？」

小梢的眼神開始在空中遊移。瞪大的眼睛充血，四肢萎縮。溫柔一點，她囁嚅。

「好好動一動妳那愚蠢的腦袋，仔細想想。我們起碼都知道這個味道是惡質的大麻。如果報警被抓的只是妳一個人，那沒什麼好怕的。反正妳是初犯會判暫緩執行，馬上就會被放出來。可是，妳知道能夠平安回到這家屋子的可能性有多少嗎？但願大家真有那麼善良會放妳一馬就好了。」

背後，想必有個男人或組織讓沒錢的女人不得不依賴大麻。小梢抖得更厲害了。節子俯視發抖的女孩沉默不語。背後好像有人取出手機。小梢的視線移向澤木。她在拚命窺視，看澤木打算和誰連絡。節子低聲對著小梢的眉心怒吼：

「趕快換衣服去見妳垂死的父親！有話之後再說！」

看到躺在加護病房的父親，小梢甚至無法碰觸父親的手，當場崩潰了。這種演技似曾相識。反正她也沒期待這個小丫頭會有泰山崩於前色不變的膽量和胸襟。只要知道繼女和想像中一樣小家子氣就夠了。

節子先一步來到走廊。正看著窗外的澤木轉過身來。節子微笑，但他的表情依舊僵硬。

「妳做的事看似正常，但老實講我實在摸不透妳在想什麼、要往哪兒走。」

「謝謝你替我找到那孩子。」

「妳想怎麼處置她？」

「並沒有，我只是想趁她父親活著讓他們見一面。」

澤木以極為不悅的表情自節子身上撇開目光。

小梢來到走廊。不再張揚跋扈。求助的眼睛來回看著窗邊二人的臉。小聲說句「辛苦了」，與喜一郎一模一樣的下垂眼角立刻掉下眼淚。

「爸爸真的不會醒了嗎？」

「不知道。現在只能相信奇蹟吧。」

節子伸手扶著踉蹌的繼女。澤木將視線移向窗口。承受不住自己重量的雲，開始落雨。

與聲稱要回事務所的澤木在一樓大廳分開後，節子決定送小梢回去。她護著垂頭喪氣的繼女上車。雨勢增強了。

「妳幾時開始抽大麻的？」

小梢抬起頭。多疑的眼神射向駕駛座。現在不必再扮演溫柔的繼母。節子如她所期待，壞心眼地微笑。小梢充血的眼中蘊含憤怒。她又問了一次同樣的問題。

小梢在等第二個紅綠燈時回答：「大約半年前。」

「從哪裡弄來的？」

「朋友的男朋友。他自己種了以後在網路上賣。」

「妳也有幫他買賣嗎？」

小梢問什麼買賣，節子說就是買進賣出，她說沒有。

「如果種在一般公寓的房間，溫度管理和澆水什麼的，據說隨時都得有人照顧。半夜他們一起出去玩時，就會臨時叫我去幫忙。我只是拿了打工薪水與大麻回來。沒有做任何犯法的事。」

若是營利目的的栽培與持有，不可能判處緩刑。「半夜的溫度管理」？節子嘲笑繼女搞不清楚自己在幹嘛。

「誰能證明妳不是那個集團的成員？」

「我朋友，還有她男朋友。」

「那種話誰會相信？」

小梢說聲「可是」，然後張著嘴拚命思考接下來該說什麼。車子在進入立花公寓的私人道路前停下。

「下次他們再叫妳去，不管怎樣都得找理由拒絕。」

「我又沒打工，該怎麼生活？」

聽她帶著幾分諂媚這麼問，節子毫不遲疑從皮包裡拿錢。

「妳可別誤會。這不是基於一家人或顧及什麼社會眼光。我只是不希望在視野所及之內出現麻煩。尤其現在這個節骨眼。如果妳想不工作混飯吃，暫時最好乖乖聽我的。就憑妳那愚蠢的腦袋，應該明白和我維持友好關係更有利吧？」

接過公寓的備用鑰匙，記下手機號碼。小梢憤恨地把節子遞來的二萬塊塞進連帽外套的口袋，猛然自副駕駛座衝出去。節子目送二十歲就已鬆垮的屁股線條。只見小梢頭也不回地跑上蓋在死巷的公寓樓梯。

4

週五下午三點約好與主治醫師面談。喜一郎的狀況沒起色。節子看著手錶走進醫院大廳。時間已過了二點半。這是她往返加護病房的第五天。

今天起開始夏日祭。宵宮[7]開始的第一天，藍中帶灰的天空一望無垠。一早太陽就有光暈，俊子很擔心週日煙火大會的人潮。

「今年的煙火不知會怎樣。如果看得見，客人大概九點過後才會上門；如果有霧，應該會更早來我們這邊。總之不管怎樣，只要不下雨就沒事。只要大家肯抱著期待出門，我們就賺定了。」

有霧的話，煙火大會只能聽聲音了。這個城市，每隔數年總有一年得要在霧中

7 宵宮：亦稱夜宮、宵祭、祭夜、宵宮祭。祭典正式開始的前一晚舉行的活動。

想像彼方美麗散落的火樹銀花。

喜一郎出事後，節子開始常與俊子交談。一方面也是因為她早晚都會去事務室露個面。不問喜一郎的狀況似乎是俊子的貼心之舉。當她報告病情幾乎沒變化，俊子只是簡短接腔說聲是嗎。

那天護理主任帶她去的，是出事當天聽取說明的房間。節子在桌子這邊的圓凳坐下的同時，主治醫師也來了。似乎是百忙之中抽空面談，身上還穿著手術衣。眼鏡後方的柔和，更勝前日。

「我們觀察了復原情況，似乎沒有明顯的變化。」

她深深頷首。數秒的沉默後，所以——他又說。

「加護病房的治療暫時終了，接下來最好轉到以照護為主的醫院。如果知道哪家醫院可以做呼吸器的管理，希望妳盡早與該院連絡。如果沒有合適的醫院，我們也可代為尋找。」

首先浮現的是澤木的臉。節子以前在他那裡上班時，客戶當中記得也有一兩家私人醫院，不知現在如何。

「可以給我一點時間安排嗎？」

醫生說只要週一能安排好即可。他說會交代護理主任。

她道謝走出房間。夕暮下的街頭已展開宵宮的活動。她走進手機區，打給澤木。

「考慮到妳的負擔，還是盡量離家近一點比較好吧。我幫妳問問看釧路町的愛場醫院。最晚什麼時候必須答覆？」

「院方好像希望我們下週就盡快轉院。醫生說最好週一就能安排好。」

「那麼，我今天之內就想辦法。知道了。」

喜一郎陷入沉睡後的這四天，他們每天都會互相連絡見見面。她要求做愛他就帶她上床，她要求找人他就立刻行動。澤木從不曾冀望節子的回報。

「老師。」

澤木反問：「什麼事？」她想不起本來想說什麼。想不起來最好，節子感到彷彿有人如此耳語，轉身回顧加護病房。

「我大約還有二個小時的空檔，小節妳呢？」

「我不知道你的空檔要怎麼利用。」

乾扁的笑聲聽來很舒服。現在，能夠邊笑邊陪她說話的只有澤木。

「今天就安分點。夏日祭也開始了，夜裡人手不夠時說不定會被事務室叫去支援。」

「這的確是賺錢的好時機。宵宮已經好幾年沒舉行了。不過那種東西一個人看也沒意思。人潮洶湧時就該帶女人去才對。否則無法滿足虛榮心。但願能看到煙火。」

這次是節子笑了。澤木這麼一說，由於欠缺卑微感聽起來倒像是有點愚蠢的台詞。她笑完順口又說：「我倒覺得一個人看煙火也不壞。」澤木沉默了一拍，「也對。」他回答。

「總之，小節妳最好休息一下。」

他叫她不要一個人想太多。好像是指小梢的事情。

「你放心吧老師。那麼，愛場醫院的事就拜託你了。」

結束通話後，節子從加護病房窗口看完喜一郎便去搭電梯。她橫越正面大廳。流過視野的行人，看起來幾乎都不太幸福。在繳費和領藥處的長椅看到的側臉，全都一樣疲憊。

快步離開人潮時，正面玄關的自動門開了。驀然間，她感到流逝的景色中有道視線。就算是熟人她也壓根不打算打招呼。但不知為何，她忽然有種衝動想轉身確認視線的主人是誰。

她凝神注視人群。自動販賣機前，帶小孩的媽媽們聚集的一角，兀然坐著佐野真由美。薄荷綠T恤配牛仔褲。雖然此地偏涼，但小孩在八月初穿長袖T恤還是很罕見。她想起那淤青累累的小胳臂。

四目相接。雖然後悔卻已太遲。大眼睛與纖細的手腳比重失衡的小女孩，夾在其他親子之間看著節子。媽媽們好像都忙著照顧自家小孩，沒有人在乎真由美。四下一看，也沒找到佐野倫子。真由美從椅子起身，朝這邊走來。

節子默默轉身，快步走向停車場的車子。真由美從斜後方小跑步跟上來。也不吭聲，走了五十公尺左右，抵達停在停車場邊上的深藍色小汽車前。

「今天就妳一個人？」

她轉身，俯視小女孩。保持沉默的真由美令她很不耐煩，直接問真由美有什麼事。她撩起黏在臉頰的頭髮。齊肩的頭髮因濕氣而捲曲，吹好的髮型也塌了。

真由美從牛仔褲口袋取出一張紙，努力伸長手遞給節子。見她躊躇不肯接下，小女孩低頭行禮。

「請暫時收留這孩子。我的手機無法使用。我一定會去接女兒，拜託妳了。」

「搞什麼。這是什麼意思？」

真由美定定仰望節子。看起來就像是潦草寫下的凌亂字跡，實在不太能夠與佐野倫子平日的形象連在一起。

「很抱歉，我可沒那麼閒。我老公出車禍還躺在病床上，他女兒也很蠢。我沒有多餘的心力替妳和妳媽設想。我送妳回去，把妳家住址告訴我。」

真由美的眼眸一暗。想必那才是小女孩真正的表情。臉部肌肉下垂，就七歲女童而言算是很陰沉、遠遠談不上可愛的表情。也不知是被什麼打動，她忽然覺得女孩若有話要說不妨聽聽。察覺自己這樣大概就是所謂的中了邪，尤其在她發現小女孩身上的T恤肩頭滲血時。

她把真由美的衣服領口稍微往肩膀一拉。白色紗布露出，以醫療用膠帶固定。

節子掀開紗布。不是擦傷也不是割傷。好像是被什麼有稜角的東西打得皮膚撕裂。血雖已止住，周圍卻紅腫發熱。

她從皮包內袋取出寫有佐野倫子手機號碼的紙條。

「我的手機無法使用」

真由美以陰沉的表情仰望手拿紙條的節子。

傷口或淤青會痛，大概只有在想起大人動手那瞬間的臉孔時。只要把記憶摒除得遠遠的，父母造成的傷口就不會痛。

「妳那個傷口，是媽媽弄的？」

真由美搖頭。她又問那是爸爸嗎，小女孩沉默不語。

「妳可別以為不講話就有人會幫妳。想要別人幫忙就得明白說出口。因為誰也沒那麼好心更沒那種閒工夫。就算看到區區一個傷口，我既不會聽妳擺布也不可能會同情妳。反正妳根本搞不清楚自己哪裡有錯就先喊對不起了吧？妳不會哭所以被揍得更凶吧？誰也不明白，其實痛過頭之後反而哭不出來。」

她已分不清是對小女孩惱火，還是對記憶中的自己。真由美以老人般的嘶啞嗓音說：「別打電話。」

節子開往釧路町的大型購物中心，把車子停在停車場不起眼的位置。將真由美留在車上，自行去採購兒童用的內衣與家居服。從購物中心後門出來時已過了傍晚。自動門外有幾個做小孩生意的攤子。她本想朝印有身材比例怪異的卡通少女人物的袋裝棉花糖伸手卻又作罷。她察覺自己正走向與心意相違的另一個方向。她低低嘖了一聲，同時朝真由美等候的車子邁步。

天色全暗的街上瀰漫慶典的氣氛。電線上均等掛著蠟筆畫的燈籠與假花，還貼著「港都祭」字樣獵獵翻飛的旗幟。她暗忖今晚宵宮不知會有多少小孩走失。

她沒叫醒在副駕駛座沉睡的真由美，緩緩轉動方向盤。她拿不定主意是否該把小女孩帶回與賓館相連的住家。她白天本來多半不在家，不能再給負責看家的傻子帶回這種無法解釋的東西。要扯謊很麻煩，帶在身邊同行更煩人。

帶著浴衣幼兒的一家人正在過斑馬線。母親抱著嬰兒，父親牽著穿浴衣的女兒。驀然間，她想起皮包裡的鑰匙。節子在綠燈亮起的同時，改變方向開往通向後站的陸橋。

玄關門鑲嵌的玻璃透出室內燈光。她有耐心地一再按門鈴。也想過拿備用鑰匙直接開門進去，但萬一屋裡有男人，只會讓彼此都不愉快。看到玄關門口的節子與身旁佇立的真由美，小梢露骨地面帶不悅。

「那是幹嘛？」

屋內，今天也瀰漫大麻的氣味。節子推著真由美的背，催她進屋。

「喂，妳不要自作主張。這小鬼是誰？」

「是妳不認識的孩子。妳去浴缸放熱水。還有這個氣味，想辦法解決一下。」

換衣服之前必須先洗澡。小梢或許是為了清除室內氣味，把窗戶打開十公分左右，然後調低電視音量。前天來時還沒有的電視，現在放在房間角落。是約有二張臉那麼大的小型液晶電視。

屋內也有濕氣，但外面滲入的空氣更潮濕。節子問她是買來的嗎，小梢回答是二手貨。

「能賺錢的兼職工作妳都不讓我做，整天待在這種地方只會發霉。買台電視應該沒關係吧？」

小梢一臉稀奇地看著真由美，一邊走向玄關旁的浴室，開始調節水溫。節子從旁邊的紙袋取出內衣與替換衣物、大片ＯＫ繃及消毒水。只因是女孩子，選的全是白色與粉紅色。大小也都是她覺得差不多就隨手取來的。她蹲下在眼睛的高度與真由美面對面。

「不喜歡也先穿著。妳的Ｔ恤，肩膀髒了。貼上ＯＫ繃，稍微洗個澡。雖然談不上舒適，但妳既然回不了家，也只能待在這裡了。」

佐野倫子到底是抱著什麼想法把真由美塞過來，她實在無法想像。

「告訴我，這個傷是被什麼弄出來的？」

她拿消毒水沾濕血跡已開始凝固的紗布，一邊撕下。真由美用力咬唇忍痛。告訴我。她又說一次。

「木刀。」

真由美幽幽囁嚅。節子長嘆一口氣，一邊問她揮木刀是父親嗎。這次小孩老實點頭。

放滿熱水好像還要一點時間。小梢在廚房冷眼旁觀二人的對話。這時俊子來電。

「別無異狀，妳放心。每年只在這個時期雇用的兼職人員我也打過招呼了。只要一通電話，半夜也會趕來。他們都知道我們賓館的狀況，所以爽快地答應了。」

「謝謝。我對賓館的事一竅不通，只能靠妳了。再過一會兒我就回去。」

看來今晚得送些甜點過去慰勞。小梢走到她身邊。

「原來妳也沒忘記工作啊。」

「萬一妳爸爸醒來時，發現生意一塌糊塗那不就糟了。」

小梢以多疑的眼神看著節子，然後朝真由美努動下顎。

「那小鬼，到底是誰？」

「真由美。對了，妳這裡有沒有吃的？別抽大麻了。連屋外都聞得到，妳沒發現嗎？」

「會發現這個味道是大麻的人才有問題。節子，妳和我爸結婚前到底是做什麼的？」

「什麼也沒做。我本來是會計事務員，這妳應該也知道吧？」

小梢嘟囔：「騙人。」從冰箱取出熱狗麵包與橘子汁，交給真由美。節子從錢包抽出一張萬圓大鈔，遞給小梢。

「去附近超市買點食物回來。關於這孩子妳最好別問太多。」

小梢說：「我知道了啦，真煩。」把萬圓大鈔塞進運動褲口袋。戶外空氣自打開的門流入。流動的空氣從窗子出去，再次化為晚風晃動窗簾。氣味比起剛來時淡了一些。真由美坐在床邊，看著腳下印度棉的墊子吃麵包。等真由美吃完最後一口，節子從她手裡接過麵包袋，叫她去洗澡。

真由美從床上下來開始脫衣服。脫下長袖T恤後，露出擦傷與淤青斑駁的上半身。她的眼睛在偷窺節子。

「這點小事我不會大驚小怪的，妳放心。」

果如預料，脫下牛仔褲的大腿也和手臂差不多。淤青均勻散布甚至令人好奇如何才能弄成這副模樣。可是臉部與頭上這些眼睛看得見的地方卻毫無傷痕。看來並非一時衝動或氣昏了頭才做出此舉。

節子閉眼數秒，深呼吸後讓真由美進浴缸。

她捲起自己的牛仔褲褲腳。坐在浴缸旁的馬桶上，拿小桶子舀熱水澆到胸部以下浸在水中的女孩頭上。把洗髮精搓出泡沫，以生疏的動作替她洗頭。ＯＫ繃沾到熱水後傷口應該很痛，但真由美只是默默閉著眼。

拔掉浴缸的塞子，沖去洗髮精。節子一邊替閉眼的小女孩洗身體，一邊哭了。那是很久以前，自己來不及落下的眼淚。

「拜託！這是什麼？」

門外響起小梢的聲音。大概是看到沾血的Ｔ恤。節子拿架上掛的浴巾包住小女孩的身體。開門一看，小梢已將食物塞滿冰箱。有火腿及雞蛋、牛奶和麵包、蔬菜汁。

節子本來還以為她只會買些甜麵包和零食。

小梢轉身看節子說：「看來好像牽扯到麻煩事。」

把真由美換下的衣服丟進洗衣機，灑下洗衣粉後按下開關。替小孩穿上新買的內衣與薄薄的棉質針織衫。

「幫我照顧這孩子幾天。我也會盡量過來。我想這份兼差應該比整晚替大麻澆水更安全。」

小梢在土司抹上果醬，輕佻地隨口說好。看來她不打算追問太多。是從小孩的樣子察覺什麼，或是只當作無聊的日子多了一隻小貓咪打發時間，從小梢的態度看不出來。即便如此，現在節子能夠為真由美所準備最安全的場所，的確是離佐野倫子行動範圍最遠的小梢住處。

「真好，小學生還有暑假。」

小梢這句話，節子才知道現在放暑假。

「妳不是天天都在放暑假嗎？」

小梢一臉賭氣說，不知會持續多久的不能算是假期。

「我明天還會過來，好好吃飯睡覺。聽見沒有？」

小梢對著點頭的真由美說聲「拿去」從旁遞上一支兒童牙刷。抬頭一看，她還拿著空的包裝盒。

「我剛才一起買的。」

小梢簡短說道，把牙刷的包裝盒扔進垃圾桶。節子撫摸一手拿著黃色牙刷面露不安的小孩腦袋。臨走時，站在玄關口的小梢問她明天是否也會來。

「如果妳覺得不方便那我就不來。」

「不是啦。我只是不希望妳把人丟在這裡就不管了。」

節子嘲笑她叛逆的態度，她滿臉氣惱。她的想法比真由美更淺顯易懂。

「看不出妳原來是個好孩子。我以前都沒發現。」

「我這是在打工！」

小梢冷哼一聲。

節子把超商架上十盒布丁全買了，交給事務室的俊子。房間住了八成，據說到了夜裡應該會全滿。節子把喜一郎下週可能要轉院的事告訴俊子。俊子只是微微點頭，無意繼續那個話題。

「今年的祭典看來應該不會被下雨搞砸。做生意的，到了最後的最後還是要靠老天爺賞飯吃。」

節子向夜班兼職員工打聲招呼，沿著客房後面漫長的走廊回到住處。脫下襯衫與牛仔褲，疲勞自體內滲出。她一頭趴倒在床上。喜一郎的氣味滲透被子，隨著呼吸進入體內。硬是把正要被拖入夢鄉的身體喚醒。

她叫小梢有什麼事立刻跟她連絡。為了解除手機的靜音設定，她朝床下的皮包伸手。便條紙也跟著手機一起被抓起。一張是倫子的手機號碼，另一張是她託付節子照顧真由美的留言。

節子試著想像虐待真由美的父親。

她想起友部針對倫子說過的話。

「聽說她先生年紀比她還小。不是小一兩歲喲，是五歲。好像是百貨公司社長的侄子。佐野小姐據說本來在百貨公司的專櫃。年長五歲又帶著拖油瓶，當初好像遭到猛烈反對。我猜，那邊出現經營危機，八成也和她的事情有關。」

短歌會的春酒散會等計程車時，節子曾搭過倫子丈夫的便車。那是今年一月中旬的事。在昏暗的車內從副駕駛座後方的座位看著對方的側面，簡單交談幾句。八面玲瓏的態度似乎是做服務業培養出來的。對妻子的歌友在態度上也沒有可議之處。

完全聽信友部的說詞固然愚昧，但年長五歲的妻子帶著拖油瓶，這種說法令她耿耿於懷。

「足以搞垮一家百貨公司的家庭糾紛，不知道是怎樣的。那家代代都是有錢人，如今也不曉得過著什麼生活。我去他店裡看過一次，那個價錢簡直別提了。」

友部以手掩口好像多可笑似地說。

「店裡放著法國椅子，上面的價錢匪夷所思。怎麼賣得出去嘛。誰會在超市二樓買法國家具啊。看起來像百圓商店就有的香氛蠟燭居然一個要價一千塊。真是把人當傻瓜。」

節子把紙條放回皮包。手機無法使用究竟是怎麼回事？她無法想像連絡之後，佐野倫子會採取什麼行動。

手機顯示澤木打過二次電話。她打給澤木。

「愛場院長好像輪值夜班，剛才總算和他連絡上了。他那邊應該可以接手。已經說好下週會準備病房等候。」

她簡短道謝。

「妳好像很累。」

她對著床邊的梳妝台攬鏡自照。肌膚暗沉還冒出黑眼圈。口紅也早已剝落。難看的臉色好像不只是日光燈的光線所致。節子察覺都過了九點卻還沒吃晚餐。

「聽到你的聲音，好像肚子餓了。」

＊

澤木在熄燈的事務所，眺望窗外流逝的車尾燈。貼在耳邊的手機正與節子通話。對方說聽到澤木的聲音肚子就餓了。

「老師，你已經吃過了嗎？」

「不，還沒有。現在事務所剛打烊。今晚氣溫好像沒怎麼下降。小節妳向來的信條不是三餐要規律進食嗎？我到現在還記得，妳第一次帶來我們事務所的便當。」

看到雙十年華的事務員帶來的便當裡面只有二個飯團和裝在小保鮮盒裡的黃蘿蔔乾，澤木放聲大笑。見她氣得要背著身子吃飯，他忍笑道歉，道了歉又笑出來。

「冷凍食品很貴，我又沒那麼多錢買便當。與其笑我，不如替我加薪。」

他當時心想，這女孩真有意思。

介紹節子來上班的喜一郎說：「只要好好教她，會成為很好的事務員。」履歷表上貼的大頭照，表情僵硬毫無笑容。本人來面試的時候身上也感覺不到溫柔的氣質，唯一吸引澤木的，是那率直的眼神，以及與二十歲這個年紀格格不入的好膽量。

就算再怎麼會討好客戶，如果工作表現不佳還是會讓雇主為難。為了讓從前任所長那裡接手的客戶安心，他希望最好請個老練的事務員，但幸田喜一郎介紹的人他又不能公然拒絕。只好勉強面試的那天，澤木心想讓對方主動知難而退也是個方法，於是問了幾個刁鑽的問題。

「工作與男人，如果叫妳二選一妳會選哪個？」

「我想不會有那種情況發生。」

「那種事，妳能斷言嗎？妳才二十歲吧？」

節子的嘴唇兩端抿成一直線，彷彿看穿澤木的想法般說：

「如果這個問題的用意是要讓我主動推辭工作，那我樂於照辦。」

就因為這句話，澤木決定雇用藤島節子。若是節子，在緊要關頭被迫做重大抉擇時，肯定也能臨危不亂地做出最佳結論。他覺得這是個作風強勢的女人，但印象倒是不壞。

澤木的預感果然很準。上班五年後，她在二十五歲的年紀選擇了幸田喜一郎。察覺他倆有男女關係，是在他與節子發生關係近一年後。當時他並未特別生氣。之所以覺得若是節子有可能做出這種事，多少也是因為她的體內棲息著一種空虛感。那不是會被男人左右的身體。對澤木而言，那導出了他與節子用不著選擇結婚這條路的結論。

對於面試時問的「工作與男人會選哪一個」這個問題，節子回答二者皆捨。澤木是男人，幸田喜一郎是金主——這也是他給自己的一種藉口。

拿手機的指尖用力。澤木仰望從窗口射入的橙色路燈。

「為什麼會變成這樣呢？」

不經意冒出的話，令澤木自身感到焦躁。節子問他「這樣」是指什麼。她似乎是說真的。不像是試探。她根本懶得去刺探別人的內心。這是藤島節子這位優秀事務員的有趣特徵之一。澤木說：「就是這樣嘛。」然後陷入緘默。他不想再深究自己製造出來的沉默代表什麼。等到明天，這樣片刻的時光也會變成後悔。節子鐵定會立刻忘記今晚的對話。

「找點熱呼呼的東西填肚子，好好睡一覺。即使勉強，還是為我這樣做好嗎？」

澤木的手，又想起節子的肌膚觸感。他並未因此挑起欲望。只是，光是想像她現在人在這裡，喉頭深處就彷彿卡住，有一種喘不過氣的苦悶心情。

5

八日的傍晚，小梢第一次主動連絡。

「我想讓這小鬼看煙火，可以帶她出去嗎？」

週日的街頭，充斥祭典的色彩。小學二年級的女孩二天沒回家不會釀成軒然大波嗎？想起佐野倫子故作悲傷的淚水，心頭深處便淤積不快的沉澱。節子覺得，相信「一定會去接女兒」這句話的自己很可笑。

「出門恐怕有點不妥。是真由美說她想看嗎？」

小梢停頓一拍後吐露，這孩子說從來沒見過煙火。深深的嘆息逸出。節子試著從小梢的說話態度想像，她不在場時二人是怎麼打發時間。

「好吧。我七點過去接人，你們先準備好。」

小梢的回答前所未有地開朗快活。

喜一郎出事至今已快一週。

深入陸地的海灣風景鮮活地浮現腦海。很像無法結痂的傷口。她感到某種東西開始脫序，卻完全無法靠自己的力量阻止。

不。節子搖頭。

阻止了。除了喜一郎的車禍之外，一切都是自己的選擇。

眼前可以看煙火的地區已擠滿來觀賞煙火的車子。節子只好把車子停在距離放煙火的會場釧路川河口稍遠處的高地住宅區。架設在地面的花式煙火或許看不到，但要觀賞上空施放的大型煙火應該沒問題。

火球劃出螺旋穿過黑暗，在眨眼之間的靜默後倏然綻放。聲音慢了一拍隨之而來。他們以目光追逐如地鳴般震動空氣的煙火飛沫。連發煙火的濃煙消散後，火樹銀花自更高處墜落。被吸入夜空的火種收集無數星星。

每次出現煙火，小梢就開心地發出高亢的尖叫。一問之下，她也同樣沒和父母一起看過煙火。中元節與新年、祭典及煙火大會正是賓館生意最好的時候。小梢是在皇家剛開幕時出生的。據說喜一郎與陪伴他共度招牌公司時代的妻子，就是因為小梢的母親介入才離婚。小梢的母親與嬰兒一同被棄置在賓館的事務室，據說因此漸漸染上心病。

車窗開始因三人的體溫及呼氣而模糊。她發動引擎打開空調後，吹出暖風。她從與副駕駛座的縫隙之間，對坐在後座的真由美說：「會不會冷？」小孩似乎會和小梢有一搭沒一搭地交談，卻在節子面前面無表情。真由美點點頭，隨即因煙火慢半拍響起的爆炸聲嚇得肩膀一聳。或許是上空開始出現微雲，盛開的煙火最上方的二成也氤氳模糊。

壓軸的大型連發煙火結束，節子沿著高地道路朝後站開下坡。小梢忽然沉默。真由美似乎半路就睡著了。在立花公寓前喊她也不見她醒來，節子只好抱著真由美一路送上床。小梢喊住一邊轉動脖子一邊準備走出玄關的節子。

「真由美肩上的傷已經好多了。那個ＯＫ繃，我又去買了新的。」

「謝謝，妳挺貼心的嘛。錢夠嗎？」

小梢頷首，好像還有話想說。節子歪起頭，等待她發話。

「其實想看煙火的是我。爸爸都已經那樣了，對不起。」

「妳已經不抽大麻了嗎？」

小梢回答不抽了。她的眼睛看起來不像說謊，但也不像是真的。幸與不幸，都會讓人說出意外的謊言。小梢現在，至少稍感幸福吧。

「那對小朋友的身體不好。戒掉之後又和那孩子一起規律吃飯，結果還胖了一點。」

她摩挲著腰身笑了。才短短二天說什麼傻話啊，節子也笑了。小梢神色一整，「才二天嗎？」她嘟囔。

「真由美好像也沒看過電視卡通。到底是從哪兒撿回來的？」

「我也不清楚。」

節子前方的車輛，沿著國道邊豎立的皇家飯店的招牌朝箭頭的方向轉彎。節子將行車距離保持在一百公尺以上。從國道駛向建築物的近一公里石子路上，停了二輛沒熄火的車子在商量要不要直接進賓館。由於路很窄，她為了避免掉落路肩只能驚險地駛過。

喜一郎經常笑言：「即使車庫的鐵捲門都拉下了還有客人在半推半就。」據說也有進房間不到一分鐘就走人的。他說真正做選擇的是女人。

喜一郎是抱著什麼念頭筆直衝過彎道呢？

出事車輛已撞得不成形狀。令人難以置信駕駛還活著。在場的員警這麼說。

節子一露面，被服室與事務室立刻充滿匆忙緊張的氣氛與活力。俊子說每次都這樣，親自跑過走廊，把腳墊包裹的各類毛巾放在每間房間的小門前。即使她對著俊子的背影問有沒有她能幫忙的事，俊子也只會回答不要緊。

「這種時候，不熟的人反而會礙手礙腳。夫人妳回屋裡去休息吧。真的需要時我再拜託妳。」

節子道聲謝，回到自宅。明明沒怎麼活動，體內最深處卻滲出疲勞。後腦不時隱隱作痛。每次一痛，腦海就會浮現「我一定會去接女兒」這行潦草的留言。佐野倫子到底打什麼主意把女兒交給節子，即使把紙條看了又看還是不明白。

節子從梳妝台抽屜深處，取出水亞木短歌會的舊名冊。基於保護個人隱私的名義已經廢止，如今不再發行。名冊的出版日期是五年前。找到倫子的住址與電話號碼後，她吐出一口長氣。

節子看著電量顯示已少了一格的手機，像要一一確認般按下佐野倫子的自宅電話號碼。

響到第八聲，正當她欲將手機拿開耳邊掛斷時，嘟聲停止了。

「您好，我是佐野。」

是個令人頗有好感的商人聲音。是倫子的丈夫。她為夜間來電致歉後報上姓名。佐野回說內人向來承蒙您照顧了。聲音之中感覺不到空氣的動搖，也沒有刻意掩飾的跡象。

「她正和女兒在洗澡。等她出來了再叫她回電給您。」

節子頻稱不敢當。她無法判讀佐野的真意，只好盡量延長對話。

「前幾天佐野太太來探過病，所以我想向她道謝。正逢夏日祭，我這邊做生意也一團忙亂，所以拖到現在才打電話。」

「聽說您的先生出車禍了。真是不幸。」

佐野問起倫子探病時是否也帶真由美一起去了。

「他們二位對我一再鼓勵。明天要轉院了，我想應該知會一聲。」

「真由美這孩子有時會說出異樣成熟的話，您一定嚇一跳吧？她在學校好像也被當成有點奇怪的小孩，似乎沒有朋友。所以倫子才帶著她到處走。」

「您去參加夏日祭了嗎？今天放煙火，街上好像很熱鬧。」

「我家位於彌生町較高的地方，從二樓窗口就看得見。剛才一家三口還在看熱鬧呢。」

節子說等轉院安頓好了再連絡。手機那頭，響起關門的聲音。佐野的聲音始終沒有動搖，演技未免也太完美了。

6

由於正逢週一上午，門診大廳擠滿了人。院長愛場結束內科病房的回診後，帶澤木前往備妥的病房。

不知是邋遢還是時尚，愛場兼一是個滿臉鬍子的大塊頭。比身高一七五的澤木高出半個頭，寬度也將近他的二倍。

前任院長是內科兼小兒科醫生，終生在小鎮開診所，接棒的長子兼一特別注重老人醫療，把醫院規模擴大，診療科別也增加，如今就私人醫院而言號稱道東規模最大的醫院。這位第二代院長與澤木高中三年都同班。

從現在的醫院經營狀況也可以清楚理解，愛場的想法並沒有錯。被批評遠離了父親理想中的醫療，是因為他懶得對外宣傳與解釋。

在澤木的身邊，再沒有比愛場更懂得以適當的學習態度報考醫學院的人。

當同學說反正你回到家一定也是死啃書時，他一句「等結果出來再說話」就讓周遭眾人閉嘴。當時唯一反駁愛場說他「那樣叫做傲慢」的就是澤木。愛場沉默片刻後說「過度的體貼會害死人」。

祭典結束後的天空特別高特別藍。吹來的風也開始帶著秋天的氣息。

愛場醫院符合從皇家開車只需十分鐘的條件，在呼吸器的管理方面也很用心。愛場醫院為幸田喜一郎準備的，是從三樓可以眺望濕原，視野絕佳的邊間單人房。除了病人用的病床與機器所需的空間，還有一張家屬用的簡易床。小型洗臉台裝飾了二支小巧的向日葵假花。

「就算住進我們這裡，我想也不會超過半年。」

澤木不解愛場之意，當下反問。

「我們有她老公的病歷，她大概不知道吧。她老公三個月前做完檢查來聽過檢查報告，從此再也沒消息。」

澤木問檢查結果如何，愛場回答是直腸癌。

「住進市民醫院時應該做過全身的電腦斷層掃描。和肺或肝臟不同，腸腔內臟不照內視鏡很難發現。」

「他本人知道嗎？」

「我當然不可能不考慮對方能不能接受事實就隨便亂說。我可不會不分對象就告知。他來我們醫院之前，好像已聽哪家醫院說過了。劈頭就問是否還剩半年壽命的病人這還是頭一個呢。」

問題是——愛場又說。

「要怎麼對他太太說。」

澤木吐出一口彷彿身體要萎縮的嘆息，「我來說。」然後看著愛場的眼睛。

「你要搶走醫生的工作嗎？」

愛場說，你這吃虧的脾氣還是沒有改啊，然後就此緘默。病房的拉門開啟，護理師喊院長。

「幸田喜一郎先生到了。」

陪同喜一郎的節子，看似堅強的妻子又似心神恍惚的空殼。澤木在節子身後，看著與呼吸器及顯示心跳的機械相連的喜一郎。

「我盡量找安靜的病房，您看這間如何？」

節子深深鞠躬致謝。

「只要有我能做的請儘管說。就算沒有這小子的託付我也一樣會做。」

三人的視線不約而同射向床上的喜一郎。隔音玻璃外是鋪滿蘆葦地毯的廣闊濕原。看起來一叢叢茂盛隆起的是赤楊。在無聲的風景守護下，測量喜一郎生命的數字也閃著綠光。

「我們會盡力而為。像他這樣就算無法自主行動，有時耳朵還是能保持正常功能。這絕非安慰話。」

節子的視線垂落地板。

她覺得喜一郎永遠不會有清醒的時候，又覺得也許他會在某一瞬間忽然睜開眼。也許只有耳朵聽得見——這句話大概會讓這家醫院的病人家屬心情既輕快又沉重。比起會呼吸的屍骸，不會動卻有意志的肉體更值得看護；但也有時反而會希望病人沒有意志該多好。唯恐有意志的人心會因此有種種變卦。

節子又如何呢？澤木暗忖。喜一郎一天比一天近似亡骸。鼻樑斷裂傷痕累累的臉孔，即便睜開眼也不像原來的幸田喜一郎。

「這裡的話應該就不用怕被電梯聲和走廊的腳步聲吵到。」

愛場兼一在寒暄的最後如此說道，節子再次深深行禮。病棟最邊間的病房，住的是不用擔心會頻繁按鈴找護士的病人。澤木微微嘆息。醫院蓋在沒有高聳建築物的地區，從這裡看到的濕原與風景明信片一模一樣。

院長離去後，他倆在病房看著窗外半晌，節子輕輕伸個懶腰說：

「這片景色，你不覺得美得很浪費嗎？真不曉得到底是為誰準備的病房？」

澤木默默頷首，告訴她愛場醫院有喜一郎的病歷。

「他什麼時候來過？來做什麼？」

「三個月前。之後就沒再就診。」

他盡可能不洩漏感情地說出病名。節子臉上的表情消失了。澤木淡淡說出他從愛場那裡聽來的消息。

「院長為什麼不直接對我說？」

「是我拜託他讓我來轉告。我說我比他更了解妳——不過聽來或許像是藉口。」

「所以，即便他這種狀態也維持不了多久嗎？」

「幸田先生來找愛場之前好像就在別家醫院得知罹癌了。他來這裡聽檢查報告時，據說曾直接問醫生他是否還剩半年壽命。」

「他為什麼不惜換醫院也要確認那種事？」

接下來就屬於猜測了。澤木陷入沉默。他無話可說。從窗戶看見的風景正如節子所言，應該是為來訪的人們準備的吧。他聽到低微的嘆息。節子沒哭，喃喃低語：

「幸田若想隱瞞，那我就當作不知情。」

說不定——澤木說到一半又噤口。節子想必也在想同樣的事。說不定是自殺？站在現實這邊的人能夠想像的，到此而已。

節子走到病床邊，俯視喜一郎的睡臉。澤木從後面握住她的右手。驚人地冰冷，如同陰影中的石頭。

去護理站打過招呼後，在醫院大廳道別時，澤木刻意提出現實的話題。若任由臆測與想像蠢動下分手會令他很不安。

「不管是要變更租賃公司的還款金額，或是關於今後的經營，我都會幫妳。」

「我恐怕無法做到幸田那樣。」

「那種事，租賃公司和客戶都知道。我也會盡力協助妳和他們交涉。問題在於，妳自己是否有意願去做。如此而已。」

澤木嘲笑自己，偽善到了這種地步簡直了不起。節子仰望澤木數秒後平靜地說：

「真的如此而已？」

澤木沉默了一拍呼吸，說道，對我而言是。

*

醒來時，天色已晚。好久沒這樣連夢也沒做地熟睡二小時以上。嘴唇與喉嚨都很乾。床上還有喜一郎的氣味。愛場院長開的安眠藥，好像也不能讓她一覺到天亮。與澤木分開後，她又折返護理站求藥。院長沒提喜一郎的病，直接開了安眠藥。

「我先給妳五顆吧。」

醒來後現實正張著血盆大口。她想起澤木臨別時說的話。太陽穴與後腦隱隱作痛。藥效還殘留身體各處。倦怠與過度厭倦，令她恨不得拋開一切。節子從冰箱拿了一盒布丁。她現在只嚥得下不用咀嚼的東西。

她頭一次很想與俊子談一談。

到事務室一看，俊子剛結束與日班兼職人員的交接工作。三坪的木頭地板，辦公桌與沙發床，一張舊的辦公椅。牆上按照房間數目排列氣送管[8]。桌上每個有客入住的房間各放一個帳單夾。現在好像有三間有客人。以二小時為計價單位，每三十分鐘追加八百圓的延長費。其實如果引進電腦系統，不管誰坐在這事務室都不會算錯帳或無謂的操心，但喜一郎堅持人才比器材更重要。現在也的確找到俊子這樣優秀的經理人，所以他的眼光應該沒錯。俊子說，夏日祭已結束所以今天會是比較悠閒的一晚。

「可以問個問題嗎？」

俊子淺淡的眉毛只有右邊挑起。

「是妳結束河對岸那家賓館時的事。」

俊子霎時目光恍惚，然後立刻點頭。

「請告訴我妳為何脫手。」

「因為貸款和租賃公司的租金都付不出來了。那裡是激戰區，不是頂著老建築與舊房間就能繼續做生意的悠哉行當。老朽化的賓館只會拉低住房費。起初五百圓的折價券，立刻變成一千圓的折價券，最後變得再也無計可施。肯拿折價券的客人還算是好心的。深怕被人看到賓館折價券會壞事的客人占了壓倒性多數。比起重新油漆價目招牌，當然是重印紙本的折價券成本較低，但輕易出手只會自取滅亡。結果建物抵押的貸款一毛都沒還。每月的租金也照樣要繳。我想妳應該也聽社長提過，我老公死後狀況變得更嚴重。雖然周遭都說他是因為得了什麼憂鬱症云云，但是若能一死了之我還想去死呢。」

也許是覺得說得過分了，俊子垂眼道歉。

短暫的沉默後，她問：「夫人想怎麼處置這裡？」節子略帶遲疑地回答不知道。

---

8 氣送管：將文件或帳單放在轉用的筒中，利用管子的壓縮空氣或真空壓輸送筒子。

「也不知幸田本來想怎麼處理這家賓館。」

「我會盡全力幫忙。這家賓館雖不起眼，卻有固定客源，生意很穩定。即便是做同樣的生意，地點不同內容自然也會大不相同。客房數多、員工分三班輪替的地方，客層也不一樣，做起生意的花樣那才多呢。」

俊子的表情一暗。只見她張嘴似乎有話要說，這時內線電話響起。俊子以熟練的動作接起電話，抓著筆開始算帳。

「房錢加飲料總計五千二百圓。」

氣送管發出刺耳的聲音把裝錢的筒子送進來。百圓銅板鏘啷響，俊子檢視筒中。確認沒有付款不足的問題也不需找零後，按下鐵捲門的開關。捲起的鐵捲門發出沒上夠油的尖響。

結束一連串作業後，俊子對起身準備回住處的節子說：

「夫人，請把自己的事放在優先考量。」

節子的後腦很痛，沒把握是否笑得得體。從事務室走出幾步後，節子轉身面對俊子。不知為何她有點在意對方接電話前的表情。

「妳剛才，是不是想說什麼？」

也許吧，俊子說著陷入沉默。節子有耐心地等她開口。俊子故作忙碌地確認桌上的帳單，但當她發現節子沒有離去之意後，指著沙發床說：「站著也不好說話。」

節子依言再次在事務室的沙發床坐下。俊子也在辦公椅坐下。也許是感到很不自在，明明用不著，她卻握著原子筆。

「車禍發生前一天，大概過了十一點吧，社長忽然跑來事務室。當時，他說了很奇怪的話。」

那時正是節子躺在床上看電視的時間。

「自從我來皇家，這是社長第一次拿我那口子當話題。」

俊子的同居人據說沒有留下任何遺書就在客房上吊自殺。

「社長問我，喜歡的男人以那種形式死去時我作何感想。我回答說那當然很難過，但事到如今再說什麼也沒用。」

「妳老公和幸田是什麼交情？」

「我家那口子本來是開拓農家的兒子，社長的父親去標茶的學校教書時好像教過他。他和社長年紀相近，據說從小學就認識了。先開始做這行的好像也是我老公。據說他希望社長不要選白天沒客人上門的賓館街，而是在這種安靜且風景優美的地方做長久的買賣。其實真正想在這裡做生意的或許是他自己。」

俊子握筆的指尖發白。節子揣想喜一郎把友人的同居人雇來當賓館經理，詢問她丈夫死時作何感想的心態。那絕非無意義的發問。其中應該藏有翌日他為何直接衝下急轉彎坡道的線索。

「幸田考取駕照超過四十年，妳知道他從來沒出車禍也沒被開過罰單嗎？」

這樣啊？俊子點頭的表情夾雜困惑。眼神似在探索節子到底想說什麼。

「他是意外還是自殺，無法確定。」

俊子倒吸一口氣。視線射向節子，就此停駐。喜一郎令俊子耿耿於懷的言行，與節子的想像以一根細線連接。

「若真是那樣，理由又是什麼？社長和我老公不同。他沒有心理上的毛病。唯獨這點我敢確定。」

漫長的沉默。節子實在不願在此說出丈夫想隱瞞的病名。

幾分鐘後，兼職人員來報告打掃完畢，在那聲音催促下節子離開事務室。走在長長的走廊上，她試著思考車禍前一天喜一郎是抱著什麼心情走向她待的寢室。她只能收集丈夫遺落的碎片，聊以排遣心情。背後響起汽車入庫的引擎聲，鐵捲門立刻放下。

她啜飲速食濃湯解決晚餐。她還沒習慣少了喜一郎的餐桌。湯和早上的土司，都是半帶義務感地吞下肚。每天用餐時間一到，卻每每發現沒東西想吃令她很沮喪。

正當她想打電話給梢問問真由美的情況時，手機響了。是友部打來的。

「妳先生的事，我聽說了。」

友部為這麼晚才來電慰問致歉後，聲調一轉。看來她打電話的目的另有其他。

「我也知道妳現在的狀態不適合談這種事，但我想或許還是讓妳知道一下比較好。」

不知她是否察覺自己壓低了音量。見節子沉默，她丟出倫子的名字。根據友部的說明，事情始於她為例會連絡會員時，倫子的丈夫接聽電話。因為他遲遲不肯讓倫子接聽，於是友部問他是否出了什麼事。

「您是幾時打電話去的？」

「就是剛剛呀。真由美不見了，妳知道嗎？」

毫無前後說明，據說倫子的丈夫自顧著訴說女兒不見了。

「他好像在喝酒。我猜喝得不少喲。」

比起剛才以喜一郎為話題時，友部的聲音開心多了。

「他家裡好像一團亂。一定是夫妻吵架造成的。小孩可是很敏感的。不過，女兒不見了跟我說也沒用呀。」

「他說真由美不見了？是什麼時候開始的？」

「那我可不知道。因為他已經醉糊塗了。總之糟透了。那肯定是酒後亂性。佐野太太的短歌，說不定果然是虛構的。」

節子含糊回應，後來友部說聲再連絡就掛斷了。

節子勉強驅使懶洋洋的身體站起來，拿著皮包與車鑰匙走下一樓。倫子的丈夫居然對友部訴說真由美的事。在看不到的地方正有某種事物啟動。可供整理的材料太少。

沿著沒有路燈的石子路駛向國道。在愛場醫院前仰望三樓的邊間，室內燈火通明。節子開往後站立花公寓的二十分鐘路程中，一再回想友部說的話。

「佐野太太的短歌，說不定果然是虛構的。」

令人會心一笑、心意相通、溫暖的眼神、家庭幸福、對丈夫的愛情。

大家對倫子的作品感想一概都是善意的。因為大家多多少少都發現，若要否定，只會傷到否定這方的心。

節子拿備用鑰匙開門後，把皮包往玄關口一扔就進屋。

小梢與真由美敞著零食袋，正在看電視。仰望節子的小梢在一瞬間面露不悅，旋即恢復平時吊兒郎當的表情。

「節子，妳好像瘦了一點。」

小梢把零食扔進嘴裡。出聲一喊，真由美立刻站起來。節子像要確認那稍微恢復紅潤的臉頰與白得透明的肌膚，跪地湊近小女孩的臉孔。

「昨天的煙火，很漂亮吧？有沒有好好吃飯？」

真由美乖乖點頭。小梢抱怨：「這孩子不愛笑。」好像覺得這樣很詭異似的，但不好笑的場合本就沒必要笑。節子淺淺呼吸二次，筆直看著真由美的眼睛。

「我認為也該通知妳家裡了，可以嗎？」

特地開車趕來就是為了明知故問。真由美若說要回去就讓她回去。若她說不願意時又該怎麼回應，節子自己也不知道。小臉上宛如卡通人物的大眼睛發亮。她在看著節子。打從節子在市民醫院的電梯前慫恿她「變狡猾」還不到一星期。

小梢冷眼旁觀二人的對峙，起身去廁所。室內空氣晃動，真由美仍繼續沉默。節子抬起小孩的右臂拉起家居服的袖子。紫色已轉為黃色，淤青的輪廓變得模糊。數日之內大概會消掉一半。該如何告訴小孩，她不能在這裡待到淤青完全消失？節子以眼神詢問幼小的眼眸。

「明天回去。」

真由美眼也不眨地說。節子輕輕閉眼。她思索小孩隻字不提父母的理由。她還是認為自己有錯嗎？只要小孩仍覺得挨揍的原因在自己身上，父母的手就會執拗地追來。她輕輕摟住真由美的背。單薄纖細的上半身，微濕的熱度透過鎖骨傳來。

當節子察覺小梢沒回房間時，廚房響起拉開拉環的聲音。小梢一邊斜眼瞄著節子一邊喝罐裝啤酒。

「節子，妳幹嘛對真由美那麼熱心？」

「熱心？什麼意思？」

「意思是說她又不是妳的小孩。妳跟我老爸結婚時，好歹已成了我母親吧？雖然只是戶籍上。那時的妳和現在的妳，簡直判若兩人。」

節子如果開口小梢只會變得更可悲，於是等她發話。

「我沒被我媽也沒被我爸打過。不管做什麼都不生氣的父親，和張嘴只會哭哭啼啼發牢騷再不然就談錢的母親生下了我。即便如此，我或許還是比真由美幸福。」

小梢一口氣喝光啤酒，「我好像在說傻話。」說著捏扁罐子。

「我從一開始就死了心知道自己當不了妳的母親。因為我十五歲那年，就已離開父母身邊。而且我自己，也有個不像樣的母親。家裡總是有男人進進出出，我媽甚至同時和兩三個男人交往。說不定人數更多。她究竟是在開酒廊還是賣春，我都搞不清楚。就連我被出入我家的那些男人強暴，她視而不見也就算了，居然還趁機向對方要錢。她就站在推倒親生女兒的男人身後，一直看到結束為止。所以我十五歲就立刻離家。這樣的我擺出母親的嘴臉，妳應該也會覺得很無趣吧？」

「太慘了。」

小梢噘起嘴，低頭不語。律子拿女兒的年紀當把柄勒索金錢時，和每個男人的關係也開始惡化。男人給的金額雖然各有不一，律子每次總是從中抽出一張萬圓大鈔交給女兒，同時說道：

「那種傢伙，分手了我樂得輕鬆。」

節子笑著對小梢的脖頸說：

「的確，太慘了。」

真由美在床上抱膝聽二人對話。也不知她聽懂了沒有，只是默默注視站著說話的節子與小梢。

「明天，我先去妳爸住的醫院露個臉，之後就過來接真由美。在那之前拜託妳。」

小梢說聲知道了，在真由美身旁坐下。

那晚，她陷入安眠藥帶來的昏睡，同時再次聽見無止盡流過玻璃管的沙子聲。

7

翌晨，節子醒來的前一刻仍做著沙中之夢。她不解自己為何會在那種地方，拚命想爬上地面。那是乾燥的紅沙。不管她再怎麼划動雙臂，沙子還是不肯像水那樣把她的身體往上托。呼吸不暢帶來焦躁，焦躁令她格外意識到自己活著。

察覺沙子要往下落，是在她感到雙臂力氣用盡的瞬間。若說那是放棄，也不太對。從這裡脫身的方法，或許不是浮起。沙子在流動。這表示前有去路。節子決定把自己也變成一粒沙子。她將雙臂在頭上交抱，毫不抵抗地從腳尖往下落。

夢境到此結束。枕畔的鬧鐘指著七點。從胸口到腋下、背後，當睡衣穿的T恤已經汗濕。

夏日祭過後是中元連假。人潮湧動時賓館也很忙。喜一郎在這種賺錢的旺季總是說：「休假時想做愛對男女雙方都是身心健全的證據。」壓榨體力與腦力時的交媾欠缺慈悲。這是喜一郎向來的論調。

節子想起上週澤木說的話。他說自己好像成了公車站或加油站的那句嘟囔，隨著時間流逝轉為心痛。

她去淋浴沖去汗水，站在廚房喝了一杯熱牛奶。她還拿不定主意要以何種方式讓真由美回到佐野家。為何要把小孩帶去小梢的住處，上週末的心態也已朦朧。明知這不是說句「腦袋有毛病」就能了事。

從喜一郎出車禍起，就有某種東西開始脫序。喝完牛奶清洗馬克杯，一邊回想起今早做的夢。過去只聞其聲的沙子，這次淹沒了全身。流過那長之又長的筒子的，不是沙子是自己。放棄浮起的念頭決定從腳尖往下墜落，好像也具有某種意義。

她把馬克杯倒扣在餐具籃。回老家時律子替她沖泡的，徒有顏色卻寡淡無味的紅茶閃過腦海。

整裝完畢，忽然有點不放心，打小梢的手機。等了又等還是沒人接聽。節子急忙在T恤外套上棉襯衫出門。

抵達立花公寓時，是八點二十分。她一邊祈求二人還在睡覺，一邊拿備用鑰匙進屋。

窗簾透入淡淡的陽光。室內悄然無聲。罩著被子的床鋪是平坦的，沒有任何人。她環視屋內一圈。房間角落有真由美脫下的家居服。一拿起來，小布片掉落地上。是洗完之後沒熨燙的兒童手帕。撿起一看，邊上有小小的「真由美」三字。

*

木田聰子開始收拾桌上。已經這麼晚了嗎？澤木看牆上的時鐘。木田必須一邊照顧母親一邊工作，因此事先說好讓她早點下班以便五點就能抵家。平時白天就交給看護，薪水加上母親的老人年金據說勉強夠糊口。以木田的資歷其實應該可以找到薪資更高的事務所，但是大規模接案子的地方在上班時間方面就沒那麼好講話了。年齡大概也是個問題。沒把她當兼職人員，給付月薪之外還有各種保險，是澤木身為老闆的誠意。

「老師，最近工作好像越積越多喔。我可要下班了，麻煩您自己加班。」

木田把插在信箱的晚報放到桌上，充滿調侃之意打過招呼後，於四點三十五分離開事務所。澤木曾問過她回家這一公里的路上，她邊走都在想什麼。

「什麼也沒想。只是走路，就這麼簡單。不喜不悲。啊～櫻花開了，這家的杜鵑花真漂亮，院子比去年荒蕪了……諸如此類。只是把眼睛所見直接放進心裡，並未因此思考什麼。」

澤木的心思不在工作上，而且是幸田節子的存在造成的，這些事木田或許都已看在眼裡。澤木坐在椅子上伸個大懶腰，決定從明天起再也不要增加她的負擔。

事務所的電話響起，是在木田離開五分鐘後。但願不會又是找他商量結束營業。他邊想邊拿起話筒。是「滴」的石黑加奈打來的。相互寒暄問候後，她的聲音立刻變得沉重：

「澤木老師，小梢有沒有跟你連絡？」

「沒呀，我這邊毫無消息。出了什麼事嗎？」

石黑加奈的吐息流入耳中。她開口說：「那個——」沉默數秒後，才道出換了電話號碼的小梢第一次主動與她連絡。

「那孩子，好像受喜一郎先生的太太之託代為照顧小孩幾天。據說是個有點古怪的小女孩。好像才念小學二年級。太太今天好像本來預定把小孩送回家長那裡，但那孩子，黎明時一個人離開了。小梢好像是親眼看著小女孩一個人走進車站，在長椅坐下，但站務員一喊那孩子她就慌忙逃走了。」

他聽不懂石黑加奈在說什麼。節子替人照顧小孩的事他壓根沒聽說過，也不認為節子與小梢的關係已恢復到如此地步。況且以喜一郎目前的狀態，有那樣的人拜託節子這種事，這本身就令人難以置信。

「對不起，我不太理解，這到底是怎麼回事？妳確定是幸田太太，把小女孩交給小梢照顧？」

「小梢在電話裡是這麼講的。結果她把小孩一個人丟在車站，好像很擔心。我也越想越不放心，然後就看到了晚報。」

石黑加奈確認澤木訂的報紙和自己一樣後，叫他趕緊看了再說。澤木依她所言把桌上的晚報拖過來。

「在社會版的下方。」

她說的報導立刻就找到了。

標題是「失蹤女童　平安尋獲（釧路）」。是縱長四段的報導。

——八月六日下午失蹤，家住釧路市內的女童（七歲），於十日清晨在釧路車站內被平安尋獲。失蹤當日，住家信箱被放入寫有「五百萬」的信箋，女童的父母一直在家等候連絡。警方目前除了急於自尋獲女童的現場周邊收集情報並鎖定嫌犯，也正向女童詢問詳細狀況——

「石黑小姐，這是怎麼回事？」

「您也沒聽喜一郎先生的太太提起任何消息嗎？」

「妳確定這孩子就是之前待在小梢那裡的小孩嗎？」

「從小梢的公寓到車站，她說走路大約十分鐘。她好像是從後站走天橋過去的。據說清晨四點就一個人換好衣服走了。就算喊她名字，她也不肯回頭。小梢說她這才開始感到害怕。」

他知道自己已渾身寒毛倒立。節子到底背著自己做了什麼？報紙上寫的「五百萬」又是怎麼回事？澤木問她與小梢之後是否有連絡。

「我後來打給她好幾次，但她都沒接。」

「我知道了。我來和幸田太太連絡看看。我一定會設法找到她，問清原委。」

他放下電話。木田交代的加班作業不可能完成了。看來明天只能乖乖道歉拜託她代勞。

澤木猶豫著不知是否該打節子的手機，索性先打電話到皇家的事務室。是經理俊子接的。

「社長太太今天在那邊嗎？」

「不在，她說下午要去愛場醫院。」

可以感到電話那頭的忙碌氣氛。聽說這是幸田喜一郎很信賴的經理。他道聲謝立刻放下話筒。連拿外套的時間都來不及。澤木將事務所大門鎖上二道後，立刻衝上駕駛座。

節子垂眼看報紙時，澤木就看著躺在床上的幸田喜一郎。窗外的大片蘆葦，宛如濺血開始染上朱紅。喜一郎的胸口緩緩起伏。血壓雖低，但很穩定。

「這篇報導有什麼問題嗎？」

節子從報紙抬起頭說。是那種事不關己的口吻。澤木只從石黑加奈那裡得到消息，現在很想問節子。報導中別說是與節子的關連了，連梢的事也隻字未提。節子折起在簡易床上攤開的報紙，滿臉不可思議地看著澤木。

「剛才，小梢的阿姨打電話給我。是『滴』的老闆石黑小姐。妳交給小梢照顧的小女孩，究竟是誰？聽說那孩子清晨四點就一個人去車站了。」

不知不覺變成質問的語氣。他克制不住。面不改色仰望澤木的節子，看似陌生女人。自從幸田喜一郎陷入沉睡後自己這些人的地軸好像也跟著歪斜，找不到復原的方法。即便向節子尋求一個令人滿意的解釋，也沒把握她會回答。他以眼神問她。邊問，邊暗自唾罵幸田喜一郎。

幸田先生，現在可不是你在那裡呼呼大睡的時候！

「老師，你好像一開始就認定我做了什麼，你到底想問什麼？」

「被警方尋獲的小女孩是誰？究竟是不是妳交給小梢照顧的小孩？她家信箱的那張紙箋上的五百萬又是怎麼回事？」

節子吐出一口大氣，以淡定的口吻回答：

「我把小孩交給小梢照顧是事實。信箋的事我不知道。早上，我去過小梢的公寓，結果一個人也沒有。」

「我該怎麼相信妳？妳為何要軟禁別人的小孩？有什麼理由？」

「沒有理由也沒根據，我無法做任何說明。我根本沒有軟禁她。」

澤木無法遏止自己的臉頰氣得僵硬緊繃。

「那五百萬，到底是怎麼回事？」

見澤木嘀咕，節子催他坐下。

「如果坐在旁邊，又會被妳巧妙地哄住。誰知道接下來妳又會要求什麼！」

「你不要那麼生氣。」

走廊似乎開始準備晚餐的配膳。遠處有匆忙的腳步聲交錯。以護理站為界，可以獨自進食的病人與不能的病人被區隔開來。

「老師，你不覺得醫院的晚餐吃得特別早？那或許是配合健康的工作人員，還有，關於上次談的賓館存續問題，我和經理俊子商量過了。清潔人員雖說是兼職畢竟是工作多年的專業集團，而且每月雖只有五萬左右的工資，但是每個家庭好像都很需要那筆錢。俊子也五十歲了，如果沒了工作恐怕很難再找吧。若要繼續經營，我以後也不能再談什麼短歌或旅行。」

節子停頓了一拍呼吸後又說，也沒時間和你見面了。澤木當胸交抱雙臂看著鞋尖。他提不起勁出聲附和。漫長的沉默後，節子說：「也許盡力做做看比較好吧。」

「妳這樣根本什麼也沒解釋。在某些情況下就算妳想繼續也可能無法繼續，這妳明白嗎？」

「為什麼？」

「光是看這些狀況證據的話，妳的行為已等於綁架勒索。小梢應該不可能就此再也不出現吧？警方用盡一切手段也會把她找出來。一個從未離開此地的二十歲小丫頭能藏身的地方有限。就算退一百步，假設那信上的五百萬是誤會好了，我現在問的是，既然如此妳為何要偷偷把別人的小孩帶走？」

越說越心煩。他再也無法忍受懷疑節子的自己。節子忽然露出笑容。

「中午過後我就一直在這裡看著幸田的臉。這個人，看似總在替人著想可到頭來其實只想著他自己吧。他根本不在乎別人，什麼也不怕，自信滿滿地以為任何結果他都能接受。可是，心血來潮時卻忽然尋短，是個無藥可救的樂天派。」

節子的聲音彷彿自病房牆壁滲出般幽幽響起。

一陣長長的嘆息。他雙手搓揉臉頰，再次朝遠方吐氣。

「小節，把原委告訴警方吧。若是誤會那樣應該無妨吧？不管是要驗指紋或做筆跡鑑定還是偵訊，妳就接受他們的安排吧。」

我會陪妳一起去。澤木說。節子回答明天再去。

「我今天有點累了。」

兩腿直打架。他踉蹌走到簡易床旁，抱住節子的頭。馬球衫的腹部傳來體溫。是節子伸手環抱澤木的腰。

澤木覺得喜一郎好似在聽二人的對話，不禁悄悄看著病床。

＊

不管做什麼都毫無睡意。節子拿著安眠藥的袋子，坐在餐桌旁的椅子上。澤木會懷疑是理所當然。把小梢阿姨的說詞及報紙報導綜合起來，只能歸納出那個極為正當的推論。那是她第一次看到滔滔不絕氣急敗壞的澤木。被他抱著頭時聞到的陽光氣味，明明只是幾小時之前卻異樣遙遠。

一閉上眼，眼皮裡就浮現佐野倫子的臉孔。剛懷疑她在笑，緊接著已轉為異樣悲哀的表情，像女明星一樣哀婉落淚。然後再次微笑。

真由美已回到母親身邊。還有什麼好擔心的。昨天，為何會對送小孩回家感到遲疑？

丟在皮包裡的手機震動。一看時鐘已指向七點。來電顯示是佐野倫子的號碼。

「不好意思，這種時間來打擾。敝姓佐野。是真由美的父親。」

心口深處刺痛。她使盡力氣勉強問：「請問有何貴幹？」

「貴幹——」

男人的話倏然打住。數秒的沉默後，佐野開始客氣敘述。

「我是想，不知您能否抽空跟我談談。三十分鐘就好。能見個面嗎？我想，對彼此而言都是越快越好。最好今晚就能見面，您看如何？」

「電話裡不能談嗎？很抱歉，我也有很多事，今天已經沒空。」

「這真是抱歉。您的先生出車禍了嘛。這種時候來打擾真的很抱歉。可是，如果不見面，恐怕無法傳達我的心情。電話裡不太方便挑明了說吧？」

佐野停了一拍，又說，我想謝謝您照顧小女。

「內人也想見您。聽說在短歌會也承蒙您照顧。想道謝卻要求您過來見面我知道很沒常識，但是還請見諒。比起我突然上門，我想還是您能過來一趟最好。」

「道什麼謝？我不懂你在說什麼。」

手機彼方的空氣動搖。節子又問了一次有何貴幹。隨即，她察覺空氣動搖是因為佐野在譏笑，當下提高警覺。

「我看我們就別兜圈子了。幸田太太應該也沒那麼多時間。我這可是為您著想。總之請來一趟。我們好好談一談。」

節子還是堅持他如果有事就自己過來。

「您不妨先看看今天的晚報。之後我們再商量——關於今後的事。」

大概是指澤木帶來病房的報紙吧。光是問答已過了十分鐘以上。佐野片面說出自家住址後，叫她到了刑務所那條街就打倫子的手機連絡。

「能否請倫子聽電話？」

「您來了自然能見到她。順帶提醒您，內人的手機現在由我使用。」

節子還沒回話，佐野就片面掛斷電話。不知何故，內心並未萌生焦慮與氣憤之類的情緒。彷彿被細沙沖刷的同時也逐漸消蝕，化為沙漠的岩石。

前一通來電，是澤木的號碼。望著那個，鼻腔深處又重現陽光的氣味。這種時候澤木會說的話紛亂浮現腦海。節子把手機扔進皮包，抓起車鑰匙。

來到刑務所圍牆前，她按照指示打倫子的手機。

「門已經開了。請把車子停在圍牆內側最後方。」

佐野的聲音比之前尖了一些。

佐野家位於穿過米町的坡道途中。從門燈也可看出，和周遭民宅比起來算是比較大型的房子。連停車位置都要指定的理由，在她熄火之後才發現。車牌與車身都被高牆遮住，若是停在那裡，外面的人根本看不見車子。節子長舒一口氣。

玄關門鈴上方掛著寫有「佐野涉」的金屬門牌。沒有其他家人的姓名。佐野貴為百貨公司老闆的侄子已是往事。如今私人販售進口雜貨的三十出頭男子，有能力維持這樣的房子實在很可疑。

玄關門廳很寬敞卻裝飾過度，充斥蕾絲小飾物。歐風椅子及桌子、燭台，想必都是佐野生意不佳的佐證。

穿著長袖寬鬆棉衫與手工精美的棉織長褲來到玄關的倫子，以迎接陌生客人的態度行禮。

「歡迎光臨。外子在裡面等您。請進。」

倫子沒有與節子對視。說話也很平板，令人聯想到早年外國片出現的那種面無表情的女傭。

氣象預報說颱風正從南方接近，不過好像幸運避開了。也因此，即便入夜仍持續二十二度的氣溫。這是不需要空調的地方。佐野家也任由濕氣浸潤讓家裡的空氣對流。

倫子身上隱約散發消毒水的氣味。不知是否日光燈的關係，她的臉色也很差。

沒有像以前去短歌會時那樣精心化妝。

節子被帶進客廳，室內裝有仿暖爐外型的暖氣機，天花板比一般民宅更高。環繞桌子的高布林（Gobelin）織花椅上，坐著佐野涉。

「突然請您過來很抱歉。本來不打算這樣見面的，但事態演變至此還請見諒。」

說話雖客氣，卻沒有要鞠躬道歉的意思。

「看您的臉色好像覺得我們住這種房子很不可思議。每個來過的人都是這種表情。刑警也一樣。臉上寫著懷疑。這裡啊，本來是日銀分社社長住的。就公司宿舍而言算是很豪華。一樓與二樓都裝了防彈玻璃的房子，恐怕只有黑道流氓才蓋得出來。鄰居好像還說我老婆是名媛貴婦暗中嘲笑她呢。其實這是我伯父經濟情況良好時以伯母的名義買下的房子。現在只是低價租給我罷了。」

佐野涉說到這裡，朝門口瞄了一眼，抱怨咖啡怎麼還沒送來。看似神經質的臉孔瘦削蒼白，瀰漫爬蟲類的氣質。因為坐著所以不知正確身高，但是看起來他的個子應該不是很高。

「這棟房子，我們也差不多該搬走了。跟您說這種窮酸的話題很抱歉，但是很遺憾，百貨公司的建物與土地都已轉讓他人——雖然對方連拆除建物整平空地的資金都沒有，前途可想而知。最近伯父還說打算整理妻子名下的財產，改在札幌買間小公寓搬過去。」

他沒完沒了不停說自己的事。節子也沒附和，只是看著他卑微扭曲的嘴角。佐野的嘴唇右邊，每次說話就像被魚鉤勾住似地往上挑。

「不過未免也太慢了吧。那傢伙，在搞什麼。」

他生氣時，好像有磨牙的習慣，只聽見吱哩吱哩宛如夏蟲振翅的聲音。每次聲音一冒出來，節子的手臂就起雞皮疙瘩。

真由美沒露面。從玄關通往客廳的走廊也沒有樓梯。好像是刻意設計成不讓來客看到住戶生活的格局。日銀分社社長的家究竟需要何種程度的保全措施她不清楚，但對一般家庭而言恐怕住起來並不舒適。

小小的敲門聲後，倫子從二扇並列的房門之中右邊那扇現身。她端著有金色把手的托盤。倫子在丈夫腳邊跪下，在桌上放下二套咖啡杯。放下糖罐與奶精時，還是沒看節子。

坐在椅子上，正好可以窺見倫子的襯衫領口。脖頸一帶有白色紗布。從頭髮之間，隱約可見下半部滲血的耳垂。消毒水的氣味似乎是因為受傷。仔細一看，襯衫袖子露出的手腕，也貼著幾與鎮痛貼布無異的大型ＯＫ繃。

在佐野涉的催促下，她喝了一口。

「苦味很純正吧？在這一帶很難買到這種豆子。每次都是剛炒好就從神戶送過來。南美的咖啡豆品質也參差不齊。受到地震的影響，價格變動得很厲害。」

他一邊講解一邊滿足地喝光，磨牙聲這才停止。倫子替丈夫的杯子再次斟滿，走出客廳。關門聲一響，佐野猛然傾身向前，「好了，差不多該談正事了。」他說。

「真由美的那個，妳看到了吧？」

「那個是哪個？」

「如果要裝傻，那我們談到天亮也談不完。妳看到真由美的傷，所以好心地把她藏起來，這點起碼的小事我還猜得出來。但妳好心過頭了。只要妳跟我說一聲，現在也不用這麼麻煩地坐下來商量了。我去車站接真由美，立刻就想到妳。香奈兒的水晶香水去年二月推陳出新後印象大為轉變。在這一帶用那種香水的人還很少。」

節子不動聲色地做出要拿手帕的假動作，把手伸進皮包。放在內袋的噴霧式香水不見了。小梢的臉孔浮現腦海。

昨晚去公寓時，她把皮包扔在玄關口。有幾分鐘時間只顧著注意真由美。去上廁所的小梢。節子微微嘆息。佐野得意洋洋地看著節子。嘴角還是只有一邊挑起。

「做這種販賣進口雜貨的工作，自己也會對芳香劑很敏感。就算再怎麼相像的類似產品，我也分辨得出氣味不同。這堪稱我的特長。以前在百貨公司時，進口部門就是我負責的。這次的水晶香水鎖定二十歲至五十歲的廣泛客層，採用柑橘香。非常適合妳。」

那是去札幌的KITARA音樂廳聽完探戈樂團的演奏，回程在與車站大樓相連的大丸百貨買的。是喜一郎很中意，特地送給她的。

「這個味道不錯。很適合小節。」

耳朵深處響起喜一郎的聲音。回想起的聲音僅此而已。

「信箱裡的勒索信，是自導自演嗎？」

佐野露出淺笑，重新蹺起二郎腿。有光澤的褲子燙得筆挺。淺粉色襯衫很不適合看似神經質的佐野。凹陷的眼窩若說是因為連續數日苦候綁架犯的通知，想必無人懷疑。

「住這種房子只被勒索五百萬，刑警說這個數字很不自然，害我內心都冒汗了。少了一個零。幸好年輕的刑警幫腔說，這個數字可以立刻籌到錢而且犯不著去報警。當場總算混過去。最後反倒讓他們認為綁匪注重實效，是相當聰明的傢伙。仔細想想為錢綁票的確不會開五百萬這種價碼。少了一個零。妳先生的保險金很快也會到手了吧？」

「你到底為什麼要那樣做？像這種沒有犯人的犯罪，最可疑的應該就是你們夫妻。」

佐野好像憋笑憋得臉都歪了。一邊臉頰挑起，鼻腔深處漏出低低的嗤笑聲。

「真由美被尋獲後，沒有開口講過一句話。無論是關於她待在何處、跟誰在一起，當然也沒提起妳。她八成打算一輩子都不說吧。或者是不能說？醫生診斷她得了心因性失語症。是真是假不得而知。她是個倔強又討人厭的小鬼。」

「所以你才虐待她？」

「什麼虐待，講話太難聽了吧。那是管教。這還用說嗎。那麼倔的小鬼，長大也不會是什麼好東西。都是她母親的錯。被人喊兩聲名媛貴婦就只曉得維持表面光鮮才會把小孩養成那樣。養牛人家的女兒還裝模作樣。那個女人，直到婚事確定之前一直默不吭聲地往返老家。還好意思騙我說什麼父母是資產家但二人都早已過世。現在生活費都沒了，她不但不出去工作還少根筋地去什麼短歌教室。開什麼玩笑。我喊真由美那小鬼也不理我，只不過稍微罵兩句，枉費我好心替她養拖油瓶她居然說我不是人。還對她女兒喊『快逃』，我到底做錯了什麼！」

「真由美逃走後，你就對老婆動粗嗎？我看少根筋的是你吧？」

佐野含糊應了一聲裝傻。

「沒想到人的耳朵這麼容易撕裂。只不過稍微拽一下就跟臉蛋分家了。嚇了我一跳。」

當他愉快微笑的瞬間，他的臉變得誠實無偽。節子雙臂的雞皮疙瘩消下去了，這次是從腳下慢慢爬起搔癢難耐之感。

「你是想炫耀對家人施暴才把我叫來嗎？已經超過三十分鐘了，如果你找我來就是為了這個，那我也累了，恕我失陪。」

佐野舉起手掌安撫她。

「是因為等刑警離開，才拖到這麼晚。虧他們還好意思說什麼有事再通知他們，分明就是在監視我家。很抱歉開場白說太長。接下來我要說的需要妳的理解。」

佐野說到這裡，間不容髮地冒出「五百萬」。

「請妳借給我。難得我們有了這樣的接點。」

「你是為了借錢才找我來？」

「當然是有交換條件的。妳來到這裡的事，警方已經確認。這件事的後續發展，妳不認為全看我怎麼指證嗎？」

「我只是暫時收留逃家的真由美，如果我說出真相，這次要追究的問題是真由美為何逃家。」

「真由美身上的傷還在。報上雖未提及，但這個案子是以綁架加上監禁暴行的罪名進行調查。」

佐野暫時打住，「表面上是。」他說著笑了。

「如果妳肯答應我的請求，我立刻讓倫子出面自首。只要看了傷，是幾時弄的自然一目瞭然。警方就是明白才走的。只要倫子出面自首，就說是小孩逃離母親的虐待，被妳收留保護，事情就了結了。信上的五百萬也可說是倫子做的小小障眼法。兒福機構或許會出面囉唆，但是有我的證詞在想必自然可以擺平。妳不妨想想看。要是我被捕了，我老婆和小孩不就走投無路了。妳不想救她們母女嗎？真由美不會說出真相的。她就是這種小孩。」

節子長吐一口氣。讓倫子出面自首一定會出現破綻。現在，縱使答應他的要求，棲息在他內心的東西不會有任何改變，施暴的頻率恐怕也只會增加——為了逃脫他所犯下的種種罪行。

隨他去吧。自己沒有任何理由掏錢。她不相信區區五百萬就能讓這男人滿意。只要搖搖頭，冷眼旁觀佐野自取滅亡就行了。節子的手上有倫子交給真由美的紙條。只要把那個交給警方就行了。

到時倫子看到丈夫吃癟又會靠過去。就讓佐野與倫子一輩子重複同樣的事樂此不疲好了。

驀然間，真由美的大眼睛掠過腦海。節子避開佐野的注視，折疊膝上的手帕。

「妳不能借給我嗎？」

「好吧。我在明天之前備妥。那樣行了吧？當然，要請你寫一份借據。」

佐野的表情當下一亮。

「那當然。有錢人果然就是有錢人。老天爺真是不公平。」

爬蟲類露出滿面笑容的話，想必就是他這種表情吧。節子自椅子站起，佐野也跟著起身。他對著朝門口邁步的節子背影說：「那就明天下午一點。」節子沒回答，逕自走向玄關。

套上鞋子時，倫子自佐野背後出現。本以為是白牆的地方好像是門。倫子以混濁的眼眸與節子的視線纏繞。佐野語帶開朗地對妻子發話：

「幸田太太果然通情達理。妳也要好好謝謝人家。快呀，還不道謝。」

他又恢復起初打電話來時那種溫柔的聲調。被他戳著向前一步的倫子，沒有施展拿手的流淚絕活，只是凝視節子。那雙眼睛似在睨視又似在傾訴什麼。節子用比佐野更溫柔的語調說：

「真希望有時間能跟妳好好聊一聊。真由美是個好孩子。我本來還想跟妳好好聊聊那個。我當時應該立刻通知妳的。我知道錯了。對不起。」

與真由美酷似的大眼睛微微飄忽。倫子要開口的瞬間，佐野伸肘往妻子背後一推。倫子踉蹌後退。與節子身高差不多的矮小男人冷冷一笑。

「那就明天下午一點，恭候大駕。」

走出玄關，節子四下張望。伸直腰桿一看，馬路對面的小巷，停了一輛汽車。車上好像有人。可以想像對方正以令人眼花繚亂的快速交換情報，研究節子為何來這個家。

溫熱的南風停了，海霧開始籠罩這個城市。門燈如雪洞膨脹，照亮漸漸接近的大霧粒子。靠海太近也值得商榷。這麼大的霧，每逢夏天想必窒悶得喘不過氣吧。房子結構自是堅固，大門也隱約飄散一種冰冷的氣息。

與緩緩湧現的濃霧相反，節子的心情倒是開始放晴。她試著吸入滿身夜霧。喜一郎講過的話在耳朵深處響起。

「小節妳是個優秀的女演員兼野心家。若論演技，或許比一般演員更厲害。」

霧氣的密度變得更濃，緩緩朝陸地前進。

8

翌日下午一點她來到佐野家。

「這個給真由美。」

她與接過點心店包裝盒的倫子四目相接。節子莞爾一笑，承受倫子的注視。佐野與昨晚一樣坐在椅上。即便節子現身客廳，他也沒有起身打招呼。

整晚幾乎沒闔過眼。她把手邊還剩下的安眠藥磨碎，一直在想要怎麼讓倫子使用。把藥磨成粉後，還得思考用什麼說詞讓倫子清醒。

午夜零時、早上七點與九點各有一次澤木的來電。光是知道他也同樣度過一個不眠之夜便已足夠。這時他八成在問俊子她到哪兒去了。節子決定如果能平安回去一定立刻與他連絡。

這是賭注。用米紙包得香噴噴的文字縱使寫上幾百行，如果倫子無法察覺她的本意一切仍舊是白搭。這是她頭一次只為了一行文字推敲了整晚。結果到了早上還是想不出更多話可寫，於是她在信箋中央寫下如詩歌般的一行，把磨成粉的藥裝進小袋子一起放進信封。至於和倫子的談話，就等佐野順利睡著後再說。

她去西式點心店買了一盒點心。裝在紙袋裡的點心盒，在紅色緞帶下塞了磨碎的安眠藥與信。沒看到昨晚那輛車。或許是換地方了。不知正在何處監視這間屋子，但想看就仔細看吧，她抱著這種想法走進佐野家的玄關。

倫子抱著從節子手裡接下的點心，遁入通往廚房的那扇門。

「這種狀態還不忘買伴手禮，幸田太太真是好人。連我自己都覺得昨晚的請求太大膽，嚇得心驚膽戰，拚命喝酒。我怕妳萬一去報警該怎麼辦。東想西想的就到了天亮。害得我今天渾身無力。咱們就不說廢話了，趕緊辦完正事吧。」

佐野好像連坐著都覺得吃力。身上穿的是和昨天一樣的襯衫與長褲，襪子好像也沒換。他說整晚喝酒似乎並非謊言。

節子曖昧微笑，低聲說，很漫長的一夜吧。佐野蹙眉。

「忙到中午，總算湊到錢了。我也沒睡。」

「那真是抱歉。」

佐野露出淺笑。蹺起腿，一邊抖動腳尖一邊伸出下顎。視線在節子的周圍遊移。她身旁只有一個馬蹬型肩背包。他的淺笑轉為詫異的神情。

「其實在給你之前有些話我想先說。所以我把錢放在車上了。」

「那樣不會有點不安全？」

佐野的眼睛放出混濁的光芒。指尖不停刮高布林織花布椅的扶手。臉頰抽搐。

「妳要說什麼？昨天不是都已說完了嗎？」

「還有沒講完的話。我認為昨天只是你單方面陳述對自己有利的想法。」

佐野嗤之以鼻，像要說「真麻煩」似地瞪著門，「喂！」他大叫。

「快點給我拿來！」

節子吐氣，看著窗外。她祈禱倫子已拆信。精心打理的花壇被高聳的紅磚牆圍繞。玫瑰拱門上只有三、四朵過季的迷你玫瑰綻放紫紅色花朵。松樹與櫻樹種在擋住近鄰房屋的位置。節子對著綻放的迷你玫瑰一一祈禱。

雖然住在這種豪宅卻是租來的，這樣也沒什麼好驕傲的吧。或許即便是無謂的虛榮對他來說總比得不到的好。

「幸田太太，妳在想什麼？」

佐野現在也正用指甲刮扶手椅。酒意未消的白眼球充血。安靜的客廳裡，皮包中的手機晃動空氣。佐野努動下巴，露出「不接嗎」的表情。

鈴聲停止與低微的敲門聲傳來幾乎是同時。門開了，倫子用昨晚那個托盤端著咖啡出現。完全卸除表情的臉上，化著淡妝。她以機械式的動作在佐野的腳邊跪下，沒有與任何人的視線相對，逕自放下咖啡杯。節子面前有糖罐與奶精，佐野面前只放了小小的牛奶壺。裡面裝的好像是洋酒。

佐野把那個全部倒入咖啡杯中一口飲盡。節子放了一塊形狀不規整的黑糖，緩緩攪動。想到帶來的西式點心沒有端出來，握杯子的手不禁一抖。倫子起身。驀然仰望，只見那副曾被人揶揄為公主殿下的笑臉。

佐野晃動杯子示意倫子再來一杯。倫子像女服務生般拿起銀壺注入咖啡後，再次消失在門後。

節子假裝喝了一口。把杯子放回碟子後，拚命握緊顫抖的手。

「幸田太太，沒講完的話到底是什麼？如果是要說妳其實籌不出錢，那就省省吧。雖然向妳借錢實在很惶恐。」

佐野挑起一邊臉頰說。他的眼睛紅得就像要滴下血淚。

「是關於倫子與真由美的事。」

對於昨晚萌生「想消滅此人」的欲望，她決定不迴避。當時不是一邊用磨缽磨碎安眠藥，一邊心想只要有這個就沒問題了？讓他睡覺不是最終目的。直到天亮那個想法仍未消失。做選擇的是倫子。所以她只能祈禱。

「她們母女怎麼了？」

「是關於她們今後的事。」

今後？佐野的語尾上揚。節子盡可能放慢速度說下去。

「虐待妻子帶過來的孩子是常有的事。不足為奇。」

「我不是跟妳講過了，那不是虐待，是管教。」

是怎樣都不重要。當她如此頂回去，男人的表情混雜怒氣。佐野應該也已發現，這個計畫不管怎麼想都漏洞百出。

「你既然向我開出五百萬的價碼，我想我也有權提出交換條件。身為她們母女的朋友，我能做的也只有這些。」

朋友？佐野說著開始笑。

「幸田太太，妳比我想的更好心。哎，妳真是個好人，果然。我從來沒見過倫子的朋友。女性朋友的名字更是聽都沒聽過。所以，聞到水晶香水的味道時，我打從心底驚訝。」

佐野以指尖搓揉眼頭，笑了一會兒。

「妳知道她被前任老公拋棄的原因嗎？既然是她的朋友就算知道也不奇怪吧？我也是看了伯父找徵信社的人寫的報告才知道。是欠債，欠債！那個女人，一度自我宣告破產。要全部隱瞞想必很辛苦。她連本籍都改了。我完全被騙了。」

他的目光挑釁地鎖定節子。諷刺的笑容消失，他抬眼睨視她。

「當初我就不該胡亂賭氣，婚前要是先看報告就好了。原來那並不是伯父捏造的。」

佐野的話說得清醒明白，令節子很失望。她繼續祈禱。止不住微微顫抖。她繼續思索倫子微笑的意味。到頭來，自己或許並不如想了一整晚那樣相信佐野倫子這個女人。節子在太陽穴深處又回想一遍信箋上的那一行字。

「為了真由美」

到底少了什麼，錯了什麼？倫子發現信箋了嗎？亦或——她拚命思考。想到佐野萬一沒有就此睡著，脊椎都開始搖晃不穩了。節子拚命繼續窺視眼前的男人。佐野的臉色即便在陽光下仍舊蒼白，天氣明明不熱，他卻滿頭大汗。是因為整晚喝酒還是藥效發作的關係，無從判斷。

節子微微吐氣，視線垂落在白色的牛奶壺。

這時佐野開始微微搖晃。他以雙臂支撐身體，不時翻白眼，拚命抵抗朝自己身體襲來的睡魔。

「幸田太太，廢話就到此打住吧。我也有點宿醉不舒服。趕快把錢留下就請回吧。反正妳一定是想叫我別再打她們之類的。我知道。每個傢伙都擺出善人的嘴臉，說什麼……屁話。自己的老婆，和女兒，我，想做什麼……都是我的……少管閒事。」

佐野的身體離開椅背，大幅倒向右側扶手。節子吐出一口長氣。男人的嘴巴滴下口水。

呆然俯視佐野之際，倫子斜著身子進來了。她走近沙發。手上拿的是眼熟的信封。倫子來到丈夫身旁，投以一瞥後轉身面對節子。

「對不起。」

真由美呢？節子問，倫子指著天花板，說她在二樓。

「我不叫她不會下來。妳放心。」

倫子從信封取出五公分見方的塑膠包裝。節子把手邊剩的三顆都磨成粉，倫子好像一次全用光了。就算一顆可以熟睡二小時，三顆不見得就是六小時，不過可以確定他的確會睡上一陣子。

「謝謝。這個還給妳。」

倫子遞上信封，幽幽說道。

「我不知多少年沒見過這個人的睡臉了。」

倫子說，丈夫沒有確認自己與真由美睡著前絕對不肯睡。據說是從百貨公司營業狀況不佳時開始有的毛病。

「不知他大概會睡多久。」

「不知道，既然全部用光了，起碼三個小時應該沒問題。」

倫子的視線移向節子背後的牆壁。節子也跟著轉頭看。金色框裡鑲嵌了一圈妖精圖案，那是令人聯想到歐洲古老城堡的設計風格。倫子凝視時鐘的眼冰冷得可怕。節子造訪佐野家至今已過了五十分鐘。她把信封放回皮包。手機在呼喚節子。是澤木打來的。

「我去浴室放熱水。他喜歡白天泡澡。」

倫子說著消失在門後，過了一分鐘左右才回來。臉頰泛紅。忽然氣色變得紅潤的她，和剛才端咖啡來的女人判若兩人。倫子的身旁，佐野涉正坦露睡臉。俯視他的妻子臉上浮現慈愛的微笑。

「妳背上的傷，還好嗎？」

倫子朝自己的肩頭看了一眼，回答是燙傷。

「已經塗了馬油，吃了消炎藥和止痛藥所以不要緊。」

「噢。」

節子與倫子都默默看著院子。窗外的迷你玫瑰拱門在夏日的午後格外顯眼。玫瑰，彷彿在這家裡淡淡吟詠幸福家庭的倫子。節子思索該說什麼，一邊將視線回到室內。

倫子拉開丈夫坐的單人椅。把他放到地毯上，兩手插入他的腋下開始拖行。節子的視線靜靜追逐倫子。

佐野的雙腳即將消失在門後。倫子這才向節子求助。

「不好意思，可不可以幫個忙？」

身體立刻行動。抱著幫忙泡茶的輕鬆心態，節子奔向門口。倫子的雙手插在仰臥的丈夫兩腋，苦笑著說：

「這裡有台階，請妳幫我稍微抬一下雙腳。」

節子依言行事，把手放在佐野涉的膝下。沉重的重量落在肩頭與背上。三級台階的那頭好像是浴室。光是脫衣間就有二坪多。只見全自動洗衣機與占據整面牆的洗臉台、放毛巾的櫃子。一切井然有序。

倫子打開對開的不鏽鋼門。約有二坪的浴室，沒有霉味，非常乾淨整潔。以圍繞客廳的形式配置的衛浴設備，在容易結凍的北國似乎是不太適合的設計，但牆壁因此特別厚，暖氣裝置想必也很完善。

「上面麻煩妳。」

倫子把手伸到丈夫長褲的皮帶上。節子也開始解佐野涉的襯衫鈕扣。倫子的動作感覺不出絲毫猶豫。

佐野涉光滑的胸脯隨著呼吸起伏。節子想起在病房沉睡的喜一郎。男人們現在，不知在做什麼夢？女人們懷抱漆黑的現實不斷前進。無暇也無多餘心力去產生罪惡感。

節子驀然想起律子的臉。母親放蕩不羈的生活中，大概也從沒有那種東西。倫子與自己，還有律子，都缺少產生罪惡感所必需的東西。是天生缺乏，還是在哪兒遺落了呢？總之不管怎樣，有也是麻煩，沒有也只能照沒有的方法生存。

倫子跨在橫陳浴室地板的丈夫身上，掀開浴缸上的蓋板。浴缸足夠二個成年人伸長腿浸泡。以黑色大理石為基調的浴室地板，沒有任何水垢。令人聯想到賓館不留一滴水漬的專業清潔水準。

倫子站在被頑固清潔過的浴室地板，與節子面對面。

「我一個人放不進去。節子，妳能幫我嗎？」

節子毫不客氣地嘆口氣。

「別那樣說話。別提醒我選擇權在我。」

「那，拜託妳。」

倫子的語氣堅定。她撐著被拖到浴缸邊的佐野上半身，叫節子幫忙抬腳。節子依言抬起佐野的雙腳，放入熱水。感覺不出那是活人。好像在看等身大的假人。卻在把他浸入熱水時擔心他是否會醒來。倫子坐在浴缸邊，把丈夫的身體緩緩沉下去。

「藥夠嗎？」

她嘟囔，倫子一邊把丈夫的上半身豎直，一邊說沒問題。

「我還用了肌肉鬆弛劑，酒精和睡眠不足都足以令他陷入昏睡狀態。那是他肩膀酸痛去看病時領的藥。領來的藥等於是多加個保險。」

「妳一起用了？」

「對，反正不用白不用。」

佐野沉入浴缸的身體，不僅沒清醒反而像軟體動物般柔軟無助，倫子一鬆手，幾乎連腦袋都沉下去。

「他從早上就一直吵著要頭痛藥。藥劑長得都很像算是幫了我一把。我本來也準備了繩子，不過他睡得這麼沉，這樣看起來更自然。」

倫子穿著長袖襯衫的雙肘浸入水中，讓丈夫的身體坐在熱水裡。為了固定身體，她用的是賣場雜貨小物區常見的塑膠浴枕。佐野的脖子在浴缸專用枕頭的支撐下，沒有再繼續滑入熱水。

「幫我稍微按住肩膀。」

她從脫衣間拿著美工刀回到浴室，把刀刃推出三公分。

倫子把手伸到熱水裡，讓丈夫的右手握住那把刀。一不小心身體也跟著手臂一起抬起。節子壓他肩膀的手連忙用力。

倫子抬起他的左臂。迅速將刀刃滑過手腕。透明的熱水霎時有暗紅色花紋散開。看來傷口不深。節子按住佐野的肩頭，同時看著倫子的動作。只有一種透過鏡頭窺視的感覺。

再一次，這次稍微放慢刀刃滑過的速度。第二次的傷口似乎有點深。

佐野的粗重呼吸在浴室的牆面迴響。滴血的手臂沉入熱水。傷口配合心臟的跳動噴出如煙血霧。

「等著這一天的，不是我而是他。」

倫子深深吐出一口氣，在熱水中把刀子從丈夫的手肘內側朝手腕深深劃過。手肘內側自手腕之間斜著劃過的裂痕，在熱水中困惑地飄然張口。

霎時之間血霧遮蔽了一切。倫子將刀子與丈夫的右手一同沉入浴缸底。最後那把刀和佐野的身體，舉凡沉入水中的部分全部拉下暗紅色布幕。倫子關上浴室的門，把佐野身上剝下的衣服，依照襯衫、長褲、內褲的順序丟進脫衣籃。

倫子把節子與佐野用過的餐具端到廚房，歪起腦袋思忖。節子問她怎麼了。

「我在想這該怎麼處理。」

她說擦乾淨收回餐具櫃未免做得太過。可是也不能把下藥的咖啡留著。

數秒後，倫子以不再迷惘的動作清洗用過的餐具，倒扣在廚房的瀝水籃。廚房的樣子就像樣品屋的照片。沒有廚餘也看不到任何鍋具。西式點心盒還綁著緞帶放在流理台上。毫無生活感的廚房裡，迅速洗淨的碟子與杯子、銀色茶壺格外顯眼。

倫子走進客廳，把高布林織花單人椅放回原來的位置，仔細抹平地毯上的椅腳凹痕及拖動沉睡的丈夫時出現的拖痕。

看看時鐘。從她抵達佐野家至今已過了一個半小時。

倫子帶著真由美現身玄關，提議去六花亭。她換上綴有低調蕾絲的七分袖罩衫搭配及膝內搭褲，外面套了一件針織連帽外套。真由美也穿著類似的服裝。唯有節子是淺灰色短袖襯衫與黑色長褲，抗拒母女倆的維他命色系。

真由美看到節子的瞬間，立時浮現滿面笑容。喜悅幾乎溢出小臉。之前在小梢的住處道別時的她與眼前的小女孩判若兩人。

六花亭位於俯瞰春採湖的高地上，一樓是販賣西式及日式點心的樓面，擠滿女人與小孩。沿著徐緩的螺旋狀樓梯上去，窗邊正好有一張桌子沒人坐，倫子拉著真由美的手往那邊走。真由美與節子叫了鬆餅與紅茶，倫子點了蛋糕配飲料的組合。

倫子又恢復短歌會的那個她，真由美也變回與母親共度暑假某一天的小女孩。

「節子，妳都是在什麼時候詠歌？」

坐在一臉坦然笑容發問的母親身旁，真由美也以亮得眩目的眼眸盯著節子。她不再是寄住小梢那裡時眼神晦暗的小女孩。在漸漸無力的午後日光照耀下，看著佐野母女的笑顏，這幾天發生的種種好像都只是遙遠夢中的事件。

「是什麼時候我自己也沒怎麼意識過。可能是茫茫然泡澡的時候。」

想起佐野的左手，語尾變得含糊。倫子的笑顏不帶一絲陰翳。節子覺得對方似乎窺見自己內心的風景不禁噤口。

「我可能是在家打掃時吧。」

倫子的笑顏，令人想像妻子為家庭滿懷愛心仔細打理的模樣。

這個女人，肯定永遠這樣一邊編寫自己當下的狀況一邊前進。隱瞞宣告破產的事實與人結婚的那段過去，或許也在她心裡被改寫成完美的連續劇。

倫子又重提之前講評會的話題。她主張自己的解釋並沒有錯。節了說任何感想都無所謂，她聽了更惱火。

「妳不能那麼被動。」

「反正又不是渴望得到誰的讚美才出版歌集。若是抱著那種打算我早就另尋別途了。」

說著，幾乎為那種言不由衷失笑。另尋別途是什麼途徑？腦海閃過澤木的臉孔。忽然好想觸摸他。

「如果不稀罕讚美，為何要出版？」

倫子皺眉。節子自認這不是想不想要讚美的問題，但印成鉛字後雖然人數不多畢竟還是送到他人之手，這樣的行為背後，真的沒有過剩的自我意識嗎？若要這麼問她無話可說。

「我喜歡節子妳的短歌給人的感覺。像在挑戰情歌的極限。妳真正想說的，應該不是男女情事吧？我認為妳在會裡其實可以更傲慢地堅持自己的主張。」

「但也沒有人說過我謙虛。」

倫子的表情一緩，優雅地笑了。真由美也仰望母親露出微笑。比起倫子的坦然自若，不發一語的小女孩那種與母親一模一樣的笑顏更令節子恐懼。

節子想起小時候人家也說她與律子長得一模一樣。或許女兒都是模仿母親長大的。為了讓在這人世誕生同樣生物的女人，感到些許後悔。

代替遲來午餐的甜點端上桌。真由美靈巧地運用刀叉吃鬆餅。倫子也以仔細的動作剝下圍繞蛋糕的透明紙。

西斜的陽光與倫子的笑顏重疊，在眼底罩上銀色薄膜。節子也把眼前的鬆餅塞到嘴裡。鮮奶油的雪白令她想起死去的男人臉頰的顏色。

吃到蛋糕只剩最後一口時，倫子倏然抬頭。

「我就知道妳一定會幫我找到真由美。那天入夜之後還沒有任何消息，我心想妳們一定是順利相遇了所以很安心。」

剛剛鬆餅才嚥下去的地方，某種不快之物逆流衝出。一直縈繞心頭的疑問脫口而出。

「為什麼妳可以放任事態演變到那種地步？起先我還以為是妳掐真由美。」

倫子說：「我察覺到了。」然後沉默數秒。

「眼神讓他看不順眼，是他最初對這孩子動手的理由。那種人，只要動過一次手好像就再也停不下來。」

倫子把最後一塊蛋糕放進嘴裡。真由美彷彿壓根沒聽見母親說什麼，逕自拿刀子切鬆餅。不知小女孩為何會裝天真到這種地步。

「起先我說真由美是去朋友家過夜。過了二晚，他問我到底是哪一個朋友家，我不吭氣，他就拿打火機燒我的背。只要想到這下子再也沒啥好遲疑的，就不覺得燙了。」

倫子的耳垂邊緣還有凝固的血跡。她無法將眼睛自倫子的臉孔移開。倫子所謂的遲疑到底是什麼？

「那個香水味，是他比我先發現。他用左手在紙上寫下金額，交給警察。還說什麼是被揉成一團塞進信箱的。那種把戲一下子就被識破了。警察懷疑的，正是佐野本人。」

倫子把壺裡的紅茶注入杯中，嫣然微笑朝她行禮。

「今後可能有段時間都會有種種麻煩，還請多幫忙。」

她好想聽澤木的聲音。明知太自私，還是不禁思忖該如何辯解斷絕連絡之舉。心不在焉地談著短歌，就這麼到了午後四點。太陽變得強烈耀眼。節子在陽光照耀下，感覺今年的夏天好似永不終止。

她去化妝室，進了廁所隔間看手機。三十分鐘前有俊子的來電。她打給待在事務室的俊子。

「有位住在厚岸的住持太太打電話來。她叫妳跟她連絡。她好像很急，所以我打了妳的手機。不好意思。」

淨奉寺那位住持太太的臉孔浮現。她比律子的年紀大了一輪，是當地的領袖人物。很會拉攏成年女性，在小孩面前卻不怎麼受歡迎。她在寺廟角落開了托兒所。媽媽們在場時與不在場時的態度截然不同。

節子從俊子那裡問到電話號碼，抄在記事本上。她正在猶豫是否該立刻連絡時，俊子說：

「我也是厚岸人。高中時來到釧路，從此再也沒回去，已經沒有什麼老家了。」

「妳家在厚岸的哪一帶？」

「海灣略靠近釧路的地方。我父親以前在苫多打漁。」

想到俊子就住在小時候以為是美國的海岸，鼻頭彷彿有海水味重現。

「我晚點會打電話試試。」

看到回座的節子，倫子嫣然一笑。

「我還在想警車幾時會來，一直看著窗外。」

呈S型蜿蜒的坡道，有二輛自用轎車駛下。如果警察過來的確得走這條坡道。

節子問她為何那樣想。

「妳去化妝室後，我就努力說服自己不要去想那種事。可是，立刻浮現妳用手機報警的場景。我也不太會形容，說不定，我是在害怕。」

對方以率直的眼眸告訴節子：「我在懷疑妳。」但節子並不生氣。之前共同行動產生相互依存的感覺，想必風一吹就會輕易消失。她反倒認為如果倫子真的懷疑她，應該會說「我相信妳」才對。到頭來，她們已經走到了根本不必勾心鬥角的地步了——在談論那是多麼危險的場所之前。

「人所以會害怕，或許是因為還有想守護的事物。」

她看著倫子優雅開合的嘴唇。真由美察覺母親的視線抬起頭。四隻大眼睛都盯著節子。

「而我，幾乎已沒有任何要守護與害怕的東西了。」

節子聽聞後低吟一聲，腦海浮現澤木的側臉。眼前的母女露出相像得令人悚然的笑容。

倫子看著大幅朝海面傾斜的太陽，然後視線垂落在手上的錶。歪斜的腦袋扳正。差不多了，她說。

「應該可以回去了。」

回到家後倫子把真由美送回二樓，自己去浴室看情況。倫子雖未開口請求，節子還是跟去了。空氣比中午潮濕。打開浴室門的倫子，側臉沒有明顯的變化。

佐野保持她們出門時一樣的姿勢浸在浴缸中。暗紅色的水面平靜無波，浮出石膏胸像。倫子好像已忘記自己說過「害怕」自行走出浴室，站在客廳角落歐式風格的華麗電話台前。

「接下來，節子妳就扮演好心的友人。關於妳在醫院保護真由美的事，以及這幾天替我收留她的事，都請毫不隱瞞地告訴警察。」

「妳那個計畫，不嫌牽強嗎？」

倫子的臉頰微微上揚。乾扁的聲音在客廳響起。

「我宣布今天下午要把一切告訴警方就離家了。失眠、暴力、恐嚇、破產。他想死的理由很充分。」

倫子把浴室發生的事自記憶抹消，像要做證般說。

「他叫我借五百萬給他的事也要說？」

倫子用力點頭。

「今天，節子妳沒有答應佐野的要求。眼看朋友也遭到波及我再也無法忍受，撂話說要帶真由美和妳一起去警局就離家了。時間，應該也會被跟監的警察確認。

他們懷疑的不是我們。是佐野。或許警方知道我們去了何處，但至少在六花亭可以聽見我們說話的地方並沒有警察。沒有什麼好心虛的。」

倫子自有倫子的劇本。按照她的腳本，節子完全是配角。關於酒後亂性與暴力的部分，說不定友部比節子更樂意做證。

節子扮演的是某日突然在醫院大廳受到真由美懇求，在無法告知任何人的情況下把小女孩藏在繼女住處的倫子好友。她對於不想回家的小女孩束手無策，但看到小女孩身上的傷痕也不敢和小女孩的家長連絡。不知內情的繼女嫌麻煩，將小女孩棄置在車站，於是產生了佐野的計畫。

被分派到配角，對節子反而成了有利的發展。她質疑這樣的安排會不會太巧，但倫子一再重申沒問題。

「就說我從一開始便受妳委託照顧真由美不行嗎？被蒙在鼓裡的只有妳先生。他捏造綁架案是妳與我最大的誤算，妳怕我倆有連絡的事被他發現的話又會挨揍——只要這樣說不就好了？」

倫子搖頭。

「那樣的話我忍受火燒就沒意義了。節子妳只要扮演毫不知情保護真由美的好心朋友就夠了。妳就是真由美當時唯一可以依靠的大人。非這樣不可。真由美帶給妳的紙條妳一定要燒毀。」

倫子說，如果真由美離家的事二人之間有連絡，佐野的自殺就會頓時失去可信度。這樣的話染血的浴缸就會有「共謀」的嫌疑。倫子說佐野涉的自殺純粹是「基於經濟情況，以及自導自演綁架案被拆穿，還有擔心對妻小施暴的事東窗事發」。

「知道了。」

節子答應接下那個角色。幸田節子在六花亭好言安慰道歉的倫子是個好心的友人。是被捲入佐野計畫的無辜受害者。

倫子堅定的指尖按下一一九。急救隊員在數分鐘後趕到，把他們帶進浴室後，她立刻以響徹全家的聲音呼喊丈夫的名字當場崩潰。節子也抱著緊巴丈夫遺體不放的倫子肩膀，繼續扮演好友。

在一樓後方的和室鋪了被子後，佐野涉被安置在該處。倫子與節子在客廳接受警方的偵訊。

詢問節子時，便衣警察的表情幾乎沒有變化。節子從她在醫院大廳發現真由美時的情景、喜一郎的狀況、把真由美交給繼女照顧卻因沒解釋清楚導致繼女拋棄小孩的過程，帶著愧疚與後悔，按照倫子的希望一一道出。

「他要的錢，已經給他了嗎？」

「昨晚他好像情緒很激動，所以我請他讓我考慮一晚。不過，今天我是來鄭重拒絕。因為我覺得不管怎麼想都太荒謬了。」

「這是幸田太太自己這麼想的嗎？」

刑警瞇起眼，在記事本上寫字。她稱是，抬起頭。

「今天佐野先生看起來怎麼樣？」

「他好像喝了很多酒。連說話都有氣無力。」

「妳要離開時，佐野太太宣稱要去警局說出一切嗎？請告訴我當時他們夫妻的樣子。」

「那是我起身準備離開後發生的事，當時我人已經在玄關，所以不是很清楚。

感覺上他們好像沒有發生爭吵。我打算打聲招呼再離開所以在那裡等了一會兒，大概不到二分鐘吧。」

「妳準備離開，卻被佐野太太叫住是嗎？」

「她說希望我帶她去警局。」

「當妳們帶著小妹妹三人一同離家時，有沒有什麼特別異樣之處？我想請教的是，妳們為什麼沒有直接來警局？」

刑警說這間屋子已被列為跟監對象。他們並未忽略佐野的言行可疑之處，以及小孩與妻子身上不自然的傷痕。節子深吸一口氣，說聲是嗎，然後垂下頭。

「反正真由美也帶出來了，倫子說還沒有給小孩吃午餐。我也需要一點時間冷靜一下。所以我們決定先找個地方坐坐，就開車去了六花亭。」

如果努力做表情好像會因此產生破綻，於是她模仿刑警面無表情。就她順利獲釋看來，似乎沒什麼太大的破綻。若說警方是欲擒故縱，好像也沒有讓警方如此強烈懷疑的必要。

臨走時，倫子送她到玄關，提到與葬儀社討論後決定採用密葬。後天上午就要火葬。

「妳會來嗎？」

節子點頭。

敞開的門外，可以看見葬儀社派來的女職員。她穿著黑色針織衫與長褲，一接到電話立刻拎著裝有宣傳簡介與活頁夾的大皮包出現。雖然穿了一身黑，但或許是因為身材走樣看不出肅穆之感。是個大而化之、素質馬馬虎虎、淡妝看起來很窮酸、不到五十歲的女人。

佐野的父母住在帶廣，據說接到消息已立刻坐上火車。

「我回去沒關係嗎？」

「有真由美在，而且他爸媽很快也會從帶廣趕來。」

對話到此為止。在倫子扮演堅強妻子的期間，節子的存在只會礙事。送行時她的臉頰微微揚起。瞬間的微笑不見陰霾。

走到屋外，晴朗的夜空有星星閃爍。她鑽進駕駛座，依賴待機畫面的微光按下事先輸入的號碼。響到第四聲時傳來女人尖銳的聲音：「淨奉寺，您好。」

「很抱歉現在才連絡。我是藤島家的節子。」

住持太太發出拉長的感嘆聲，以海口腔問她過得好不好。她說是在外面打電話，對方立刻說聲「那好吧」切入正題。

「那個喔，我去律子住處好幾次她都不在。不知上哪兒去了。打電話也沒人接。小節，妳有沒有聽妳媽提過什麼？妳也知道的，中元節到了，廟裡也有種種事情要拜託信徒。」

大概是指捐錢吧。說不定母親那枚翡翠戒指的錢還沒付。律子從以前就是一個只借不還的女人。

「她沒跟我連絡。也許是出門旅行了吧？」

她想知道住持太太直接與她連絡的真意，於是不動聲色地套話。

不對——住持太太立刻否定節子的說法。

「我告訴妳，律子的行動範圍頂多只到釧路。她怎麼可能背著我去旅行。更何況她哪兒來那種閒錢？」

節子簡短告知丈夫出車禍目前昏迷不醒。住持太太本就低沉的聲音變得更沉重。

「說到妳老公，那不就是律子的——」

住持太太說到這裡，下面的話就吞回去了。

「哎呀，沒事沒事，我懂我懂。這種時候還打電話給妳真是不好意思。別在意我。小事一樁不值得小節妳擔心。」

「如果我媽和我連絡了，我會叫她立刻打電話去寺裡。」

簡短道歉後結束通話。再聊下去也很麻煩。

節子把額頭抵著方向盤，費了數十秒調整呼吸。自喜一郎沉睡的那天起，環繞自己的世界就幡然變貌。光是跟上流逝的時間已竭盡所能。她無法想像這種日子究竟要持續到幾時。

節子被自己的嗚咽嚇到，仰望擋風玻璃上方的無垠星空。一切都已扭曲，拼湊不成任何圖像。

*

「我現在剛安頓下來。」

他在熄了燈的寢室，傾聽節子的聲音。手機傳來的聲音明明嘶啞卻瀰漫異樣潮濕的氛圍。澤木拿不定主意該如何回答，最後選擇沉默。

「警方問完話，回到家已過了九點。讓你擔心了，對不起。」

節子的聲音，自夜晚鑿穿的漆黑洞口響起。澤木懷疑自己才是她墜落的洞，旋即嘲笑自己自作多情。

「基本上，我覺得應該報告一下。就這樣。」

澤木輕咳後問：「不累嗎？」是在問節子，亦或是問澤木自己，不得而知。這是第一次感覺到自己正在庇護節子。

「沒事。」

從昨天就已下定決心。一整天與節子連絡不上的期間也一直在想那件事。該怎麼說，幾時才說，他還在猶豫。想來想去就是找不到適當的說法表達。

「我本來想陪妳一起去警局。不管妳在我不知情的地方做了什麼，我都堅定不移。連絡不到妳，我才發現原來我並不相信妳。」

被口是心非的話語所傷，澤木已分不清該向誰乞求原諒。

「不是你的錯。」

「妳生氣呀。這種時候就該生氣。」

已將節子的歌集看得爛熟的事，實在說不出口。澤木覺得，他們就像節子的短歌所寫，宛如沙粒流過長長的乾枯葦管。不時互相磨擦糾纏，同時藉著不斷流動來守護彼此。

「老師，小梢沒跟你連絡嗎？」

「沒有。一次也沒有。」

「如果她跟你連絡，麻煩你轉告她別擔心好嗎？因為我猜她應該不會直接跟我連絡。」

「我會叫她打電話給妳。一定會。」

他想，只要毫不遲疑地流過葦管就行了。

「小節。」

呼喚的同時，卻已忘記自己想說什麼。

9

節子把昨天早報上五公分見方的報導，又看了一遍。

——假綁票案．父親自殺——

佐野涉身為小女孩的繼父，平日經常虐待小孩。父親自殺的結局。關於虐待的部分，報導內容並無新意。報導篇幅很小，似乎是顧慮到死者遺留的妻女。

昨天早上，友部看到報導後，一起床就打電話來。

「是關於佐野太太她先生的事。」

「是，真遺憾。」

「真沒想到，居然會自殺。真由美的案子不也說是自導自演？畢竟事態非比尋常也不好直接打電話到她家，連喪禮的日期都無從確認真是傷腦筋。弄得我邊聽尾澤太太諷刺邊手忙腳亂，幸田太太妳也不知道吧？」

「我聽說是密葬。只有佐野太太與真由美，還有她公公婆婆參與葬禮。」

友部不吭氣了。雖然嘴上那樣問，但她似乎不明白節子怎會知道佐野家的葬禮。

「那個，該不會就是今天？」

「不，是明天。」

友部的語氣頓時變得冷淡。

「我都不曉得妳和佐野太太那麼要好。既然如此，能否也替我轉達一下弔唁之意？畢竟人家沒開口，我如果傻呼呼地跑去參加密葬也很失禮。短歌會的奠儀就等她心情穩定下來再找機會送去。我也會這麼通知會長與尾澤太太，可以吧？」

友部沒等節子說完話，逕自掛斷電話。

早餐烤了冷凍餐包，調了一杯牛奶咖啡。略苦的深度烘焙咖啡和牛奶較搭配，但咖啡豆配合愛喝黑咖啡的喜一郎，買的是摩卡。

驀然間，她想起佐野涉近似偏執的堅持。

節子已經很久沒替自己煮咖啡了。把折起的報紙推到桌角。昨晚就已決定今天一早要去喜一郎那裡。

她打開家中的窗子。平板的濕原處處散布赤楊，和自然雜誌的彩頁看到的熱帶草原灌木叢很像。看著潮濕的土地想像的竟是乾涸的景色還真不可思議。節子懷疑自己體內流淌的不是紅色的血而是乾燥的沙。

她從充電器拔下手機。

節子穿著黑色短袖洋裝，罩了一件前襟是垂墜式設計的織金線灰色外套。這樣的話就算說要去喜一郎的病房也不會奇怪吧。出席佐野的葬禮時只要脫下外套換上黑色披肩就行了。頭髮在腦後紮成一束，綁上不起眼的黑色緞帶。節子打內線電話給俊子，告訴她今天要外出不會去事務室。

不用吃飯、清潔工作也被排到最後的喜一郎病房，無論再怎麼忙碌的時段都顯得平和安詳。節子坐在枕邊的圓凳，把手放到丈夫冰涼的額頭上。紗布已拆下，但折斷的鼻子與凹陷的頰骨，仍留有慘不忍睹的傷痕。頭髮比十天前長了一些。對講究外表的喜一郎而言是耐以忍受的邋遢。他只蓋了毯子，身上一絲不掛，如果醒了不知會怎麼說。會因為她讓他以這麼失禮的形貌躺著而大發雷霆，還是會半開玩笑地微笑說「妳沒對我做什麼吧」？臉部的變形肯定會讓喜一郎打擊最大。

節子取出皮包裡的攜帶用梳子，輕輕梳理丈夫露在繃帶外的頭髮。

必須前往佐野家的時間已近。節子起身，看著窗外。緊靠市區這頭的濕地，等於是從側面眺望喜一郎與節子的寢室看到的那片濕原。面向該處的右岸是皇家，左側遠方阿寒地區則有濕原展望台。照片上介紹的濕原總是雄偉橫亙，但這麼一看三面都有低矮山丘環繞，其實只是一片不大的潮濕窪地。

「爸爸，我走了。」

她對喜一郎打聲招呼，離開病房。

彷彿要宣告多霧潮濕的季節結束，海那邊是蔚藍無雲的晴空。

佐野家的門口，停了三輛車。一輛是租來的汽車。節子倒車把車停在最旁邊，把外套換成黑色披肩後按下佐野家的門鈴。開門的是前天見過的葬儀社人員。黑色褲裝毫無特徵，給人的印象近似制服，不過比起上次倒是多了幾分莊重肅穆。她靜靜把節子帶進客廳。

窩在沙發裡的男女起立，向節子行禮。坐在當日佐野涉倒下的那張椅子上的男人自稱是他父親，身旁的女人是他母親。是一對很有氣質的夫婦。倫子從裡屋出來。真由美緊黏著母親走近。

佐野的母親對真由美招手說：「過來。」小女孩的視線從節子移開，筆直走近祖母，在旁邊坐下。婦人同時也催節子坐下。她在靠近玄關的單人椅坐下。婦人撫著真由美的後背面對節子。

「聽說倫子受到您諸多照顧。發生這種事，我們都不知該說什麼才好。說來丟人，我們對兒子媳婦一無所知。請原諒失禮之處。」

坐在靠裡面那張椅子的丈夫也開口了。

「聽說犬子對您做了很不好的事。對他太太和孩子也是。還請看在我們的面子上原諒他。」

葬儀社的人過來通知十點半出棺。佐野的遺體已放進棺中，覆蓋蓮花圖紋的白布。

倫子始終低著頭，依照葬儀社人員所言行動。和一般葬禮不同，完全沒有宗教儀式。棺木周圍，只有幾個身穿黑衣的人。即便只是禮貌上的道別，不用看到佐野的遺體還是令她暗自慶幸。

瞥向院子，迷你玫瑰的數量比前天多。節子數到第五朵時，葬儀社人員把手機貼在耳邊簡短說聲知道了。

「車子已抵達，現在要運送靈柩。」

佐野的父母與倫子、真由美四人隨棺木一同上了黑色專車。葬儀社人員與節子各自開車前往火葬場。建於近海高地的佐野家要去內陸的火葬場約需三十分鐘路程。途中，經過豎在濕原邊國道旁皇家賓館的招牌。

「中元節的佛[9]是真正的佛，所以要誠心誠意安葬。」

生活方式混亂奔放的律子，每逢夏天有葬禮時經常這麼說。或許因為她是船老大的女兒。雖說佛應該沒什麼真假之分，倒是把這句莫名其妙的話記下來了。節子

9佛：在日文中既指佛陀或菩薩，也指死者、屍體或人死後的靈魂。

握著方向盤，又呢喃了一次「中元節的佛」。

佐野涉的密葬，無人流淚。他的母親身為倒閉的百貨公司社長之妹，一直把名義上的孫女帶在身旁，看似堅強地企圖填補獨生子過世留下的大洞。真由美以安慰的眼神回應沒有血緣關係的祖母。找到新的庇護者後，小女孩的眼睛無助地泛著水光。

倫子稱職扮演以最意外的形式失去丈夫的妻子。她很了解壓抑的悲痛帶給周遭的效果。哭泣的場面一次即可。佐野涉化為骨灰回來時，僅此一次，倫子落下大顆淚珠撿拾丈夫左手的骨灰。

＊

看著自己映在事務所窗子上的臉孔，連自己都覺得無精打采。木田聰子遞來一疊文件叮囑這些在明天之前務必要過目，是這幾天拖欠的工作之一。澤木為了節子的事丟下事務所木田也沒嘮叨，但是工作積壓不管她卻每天都要抱怨一句。簡直分不清誰才是老闆，不過也只能看開點當作是彼此合作愉快的成果。

他看看牆上的鐘，心想該吃點東西了。時鐘指向八點。澤木坐在椅子上大幅度仰身挺腰。他看見有輛車開進停車場。不時會有車子為了轉向只把後輪倒進來就開走了，但這輛車似乎不是。車子在節子每次停車的地方停妥，熄掉車頭的小燈。

看到現身事務所的節子，澤木認命地覺悟明天又要聽木田哀聲嘆氣了。穿著黑洋裝搭配灰外套的節子，把難得紮起的及肩秀髮在後頸上方綁成一束馬尾。白淨的臉頰緊繃。她瘦了很多。澤木認清內心深處的絕望與羞恥，無奈一笑。

「小梢還沒和我連絡。我打過好幾次電話給她，她也沒接。」

他沒提曾和「滴」的石黑加奈連絡。多少也是因為預感到說不定哪天會和那個女人上床，難免有點心虛。那種妄想明明是日常小事，不知何故卻無法豁出去挑明，拿不定主意是否該提她的名字。

「那孩子，光看報紙恐怕不清楚情況，但願她不會混亂就好。」

「我只希望她待的地方至少還能讓她看報紙。」

雙眸筆直射向澤木。他不知該如何承受。自己果然是公車站或加油站嗎？這麼想比較輕鬆。

他懷疑讀懂她的心事又有何用。

「我很渴，可以泡杯茶嗎？」

「後面的冰箱有啤酒。」

澤木指著門，關上筆記型電腦。節子轉身看車子，對他說喝酒恐怕不方便。他說是自己想喝，她聳肩一笑。

澤木鎖上事務所的門，關掉燈。路燈照亮了柏油路，以及每隔數十秒行經一輛的汽車。二人在通往自宅的門前，看著窗外佇立。橙色路燈以均等的間隔照亮徐緩的下坡路。車頭燈交錯而過，漸去漸遠。唯一的一條路上連一輛車子也沒了，染上路燈顏色的柏油路朝著夜色尾端的大海延伸而去。

老師。節子的聲音與澤木的吐息相撞。比起肌膚相親時好像更接近。背部壓在打開的門上，嘴唇疊合。分開又貼上。澤木以嘴唇堵住女人的逃脫之路。堵了又堵還是讓節子溜開。的雙臂包覆他的腰。心情被扔到離欲望很遠的地方。

「喝啤酒吧。」

濃稠潮濕的時間打住。

在廚房兼客廳的三坪室內，只有十九吋液晶電視及桌子、一張日式矮椅。

「和五年前幾乎一點也沒變嘛。」

前任事務所所長使用的資料室兼休息室成了他的居住空間。坐在地板上，窗戶變得特別高。原來就不是供人居住的平房事務所。冬天的寒冷，從這狹小空間取暖所需的煤油消耗量也可看出。從秋風吹起的九月至翌年七月，此地都需要生火。木田聰子甚至算出一年的煤油費，抱怨還不如搬到有中央空調系統的舊公寓更便宜。

真要問他為何選這種地方，他也答不上來。只是，的確沒有勇氣也沒有那股勁從習慣的地方搬出來。電話電腦和書櫃事務所就有，他也沒有聽音樂的嗜好所以也不需要音響。

「你的嗜好是什麼？」被二十歲的節子這麼問時，他回答「女人」因此招來反感的事也令人倍感懷念。

「那樣不會太耍帥嗎？」

「總比說沒有好吧。」

「那我如果說我的嗜好是男人你會怎麼辦？」

「雖然害怕，也只會覺得可以相處愉快吧。」

啃食著他們在發生肌膚之親前那段時期累積的記憶，澤木覺得經過十年一切已漸漸腐朽。

聽到她宣告要與幸田喜一郎結婚的那晚，他在潮濕的地毯上與節子做愛。從未想過她會成為人妻的自己，被逼到絕路。他以為這下子會分手了。

可是，兩人如今仍這般循著一根細線連結身體。

節子在桌子這邊坐下。在地毯上鋪開的洋裝下擺吸收日光燈的光線。澤木茫然回顧每日生活。靠在矮椅上喝酒，看著沒興趣的體育新聞，一邊吃木田聰子送來的小菜。什麼也沒有時就出門。出門順便找個不會有後顧之憂的女人。回到家時已經忘了女人的長相。誰也不會過問四十幾歲的男人如何生活，自己也不會主動提及。

「還是喝這個吧。」

把一瓶白葡萄酒放在桌上。澤木沖洗二個倒扣在廚房的玻璃杯，濕淋淋地放在酒旁。查看冰箱裡燻火腿肉的保存日期。食用期限還有半個月。他背對節子，準確切成五公釐厚的肉片。從冰箱取出起司，又從櫃子拿出盒裝餅乾。

他沒開電視。明知是自虐的時間，自己還是很享受那段時間。有什麼好笑的嗎？節子問。

「沒有呀，幹嘛這麼問？」

「因為你在笑。」

把開瓶器插入軟木塞。今晚對飲葡萄酒的理由，努力想了半天還是找不到妥善的說明。當他決定別再找藉口時，軟木塞發出乾扁的聲音拔出。他注入濕淋淋的酒杯。

「這是我為特殊時刻珍藏的一瓶酒。味道不甜，很好喝。」

「既然是特別的酒，今天打開沒關係嗎？」

澤木說沒關係。與幸田喜一郎結婚後，節子再也沒來過這個房間。明明寢室已來過多次，真是可笑的區分。作為打開特殊美酒的理由應該足夠了吧。

雙手包著酒杯，節子說：

「可以問你離婚的原因嗎？」

「怎麼現在忽然問起這個？一定是木田小姐說的吧。其實根本沒什麼大不了的原因。結婚時不也沒有可以訴諸言詞的理由？在開這瓶酒的日子有必要問這種問題嗎？」

「有的。十年來我從未問過。連我自己都感到不可思議。你就當作是獎勵我，告訴我吧。」

「也沒什麼好隱瞞的，只是尋常的無聊往事。」

白酒的辣口感增加。澤木把酒瓶的標籤對著自己，低喃：二〇〇三年嗎……

正式確定去東京新橋的會計事務所上班，是在只等畢業的大四那年秋天。同居二年的女友，也已確定要去證券公司上班。就在這該分手還是繼續現狀的微妙時期發現她懷孕了。

經過一段哭泣爭吵的日子，她選擇把孩子生下來。等到登記結婚時，她已儼然有媽媽的架勢。基本上還是向父母報告過，但雙方家長都沒給予祝福。上哪兒去找這樣的幸福——可惜澤木這種想法也只維持到畢業。

「那家事務所，工作多得要命，可以在十二點之前回到公寓的日子一年當中連一半都不到。她的娘家在鹿兒島。我不在時她父母好像來看過幾次。但我一次都沒見到。」

生產與育兒都任由妻子獨自打理的日子，若說工作不是藉口那是騙人的。當他以忙碌為由時，也曾想過為何只有我這樣。

「即便如此，小孩一歲生日那天，我還是拜託老闆讓我提早下班。八點到家時，我心想只要努力一下我也做得到嘛。」

屋裡只剩下澤木的東西。小孩和妻子的東西，甚至連一支牙刷都被清理乾淨，屋內宛如廢墟。

「你沒去接他們？」

「她立刻寄了離婚協議書來，我再寄回去，就此結束。甚至沒交談。身心俱疲，也提不起力氣去挽留。」

當時的疲憊好像持續至今。辭去新橋事務所的工作回到釧路，這才想到孩子不知怎樣了。

「我自欺欺人了很久很久。如今說出來，才發現還真是過分。」

他在喝光的杯子又注入葡萄酒。

毫無根據地，他認定幸田喜一郎就算死了節子也不會到他身邊。當她失去喜一郎時，他想必也會失去節子。

「心被動搖了很麻煩吧，我們都一樣。」

澤木慢吞吞地說聲對呀，拈起一片火腿丟進嘴裡。

節子說出某部電影名稱，問他看過沒有。好像是愛情片。

「沒看過。」

「只剩幾個月生命的女人，要求昔日男友陪她度過剩下的時光。他已有妻子，卻無法拒絕女人的要求。她死後，就像被狂風吹過般一切四散紛飛，最後什麼也不剩。活著的人，被迫面對自己，為之抱頭苦惱。大家都無法好好地悲傷。我覺得那好像只是一個又廣闊又矮小又可怕、無藥可救的故事。」

節子說，女主角讓不得不繼續活著的人們曝露內心後就死了。那麼幸田喜一郎又想讓澤木與節子曝露什麼呢？面對節子，思考與往事，都變得無關緊要。

杯子空了。遠處有救護車的警笛聲。幸田喜一郎仍在呼吸，是因為尚有心願未了嗎？

瓶中的酒剩下一半，他與節子的肢體交纏。

意識到已走投無路的身體溫熱，對於接納彼此毫不遲疑。節子的體內有澤木一人份的容身之處，澤木也只能配合節子一人份的欲望。

他一邊感到進入自己身體般的痛楚，一邊朝節子的深處前進。確認二人之間漸漸被充滿。溫暖得討厭。到哪裡為止是自己，哪裡開始是節子，已無從分辨。黑暗中亮著水光的眼，有白影晃動。實在無法相信那是自己的臉孔。從床單抬起的雙臂，抱住澤木的腰。連是熱是冷都分不清。驀然回神才發現五感皆已被節子吸走。他把身體完全讓給強烈質問的欲望。自己與節子都變成空洞。攀升沒有答案的問題，沿著那很長很長的階梯到頂後，澤木嘶吼。二人的身體，從頭部到四肢，從腳尖到床單乃至黑暗，都化為沙子流走。

10

「我已決定去帶廣。」

十六日早上，正在煮咖啡時倫子來電。她說趁著週末已將財務行李都整理完畢，明天就要帶真由美啟程。

提出再見一面的是倫子。節子要去喜一郎的病房，所以回答十一點左右才有空。倫子說會在六花亭等候。

十一點過五分。慌忙上二樓時，倫子與真由美已在與上週同樣靠窗的位子等候。她甚至有種時光倒流的錯覺。倫子穿著灰色針織上衣與牛仔褲，真由美穿淺紫色水手領的洋裝。據說是倫子的婆婆要提前回帶廣之際買給真由美的。

「我決定帶著真由美搬到帶廣。佐野他父母說，希望我讓他們照顧真由美到她念完書為止。好像是覺得她不能說話很可憐。我也打算在那邊找工作。」

從倫子的言詞之間，甚至可以感到她對婆家的感激。對於葬禮期間一直在身邊的真由美，雖說是毫無血緣關係的孫女，當祖母的也不至於使壞。若是倫子，應該比任何人都能與他們相處愉快吧。

節子想起母親說的話。

「被揍的時候好歹哭一下。這種時候還會笑的只有魔鬼。」

一度，她被揍到臉孔變形。是因為什麼原因挨揍已不復記憶。只記得一邊挨揍一邊心想幸好正在放暑假。看著下垂的眼皮，腫脹的臉頰，律子笑著說假期結束前就會復原了。

望著倫子的微笑，不知為何想起一點也不相像的律子。

「一切的一切，最後都如這孩子所言。」

倫子從眼下佇立的春採湖收回視線。節子挑眉，問她此話何解。倫子沒回答，以邁向新生活的清新表情，撫摸真由美的頭髮。她是比任何人都能溫柔微笑的魔鬼。

「這個是我們的新住址。手機還是原來的號碼。」

微笑的魔鬼，從記事本取出便條紙滑過桌上。從公寓八樓看到的十勝風光不知如何。節子默默將紙條放進皮包。實在無法相信，在生涯學習中心的化妝室收下寫有手機號碼的紙條，僅僅是半個月前的事。

「妳不用盯著我怕我洩密。請放心。」

「我才不擔心。我就不道謝了，行吧？」

「妳會繼續寫短歌嗎？」

倫子搖頭說，已經沒必要再寫謊言了。

進入午餐時段，座位開始擁擠。雙方都準備離開。她忽然好奇倫子與真由美是怎麼過來的，於是發問。

「我一直有駕照卻不敢上路，今天鼓起勇氣試著開車。原來還是做得到嘛，想想自己都很佩服。」

出了點心店在停車場分道揚鑣。她向二人微微搖手。倫子朝香檳金色的房車走去。拿出鑰匙時，放開真由美的手。宣告車鎖解除的小燈閃爍。真由美跑向節子。這種場景之前也曾見過。風從海上吹來，帶有微微的海水味。

真由美來到節子面前，把手伸進洋裝口袋取出某個東西。節子伸出右手，接下她遞來之物。是她以為被小梢從皮包偷走的香奈兒噴霧香水。

「真由美，這個？」

「對不起。」

小女孩口齒清晰地說。臉上卻是一點也不覺愧疚的笑容。節子的腦海中，與真由美有關的話語及影像鮮明浮現不斷流過。

令專賣國外雜貨的佐野想出拙劣計畫的香水味。

「一切的一切，最後都如這孩子所言。」

她不禁喊小女孩的名字。真由美露出海狸般的大門牙笑了。佐野如果沒發現真由美身上散發的香水味，這瓶香水不知又會發揮什麼功用。

倫子一腳踩進房車的駕駛座，呼喚著小魔鬼。節子蹲身配合真由美的視線高度。

「我曾說過真由美必須成為更狡猾的孩子，妳還記得嗎？」

小女孩以天真的神情點頭。

或許一切都是真由美的計謀。倫子再次呼喚女兒。

「上次的煙火，很漂亮吧？今後妳也要好好看著媽媽。以妳的本事一定沒問題。我啊，很喜歡妳喲。」

節子輕扯小孩細細的辮子，催她快回車上。真由美以跳躍般的輕盈姿態奔跑。二人離去後，節子的視線從停車場移向海上。大海夾在二座山丘之間，看起來像一杯巨大的香檳。

放在事務室角落的映像管電視螢幕上，傍晚的新聞正播出假期結束人潮回流的擁擠情景。賓館的來客數也馬馬虎虎。俊子從被服室的白板取下清掃完畢的單據走回來。依舊穿著領口鬆垮變形的T恤和牛仔褲。看到坐在沙發床邊的節子，俊子皺起眉頭。

「妳瘦了。有沒有好好吃東西？」

「有時吃有時沒吃。生活太不規律了，沒辦法。過一陣子就會恢復過來，不要緊。」

俊子一臉不信，把桌上的帳單夾重新排好，邊看時鐘邊填寫延長時間與追加費用。沒有絲毫多餘的動作。就連袖手旁觀的節子都看得出來。

管理成人片的播放及鐵捲門的開啟關閉、應付難纏的客人、乃至氣送管的處理與指導兼職人員，只要有俊子在一切皆可流暢進行。熟知快樂背後種種內幕的女人，想必也看得出人性的背後吧。與俊子在一起，便可理解喜一郎每天高枕無憂的理由。節子問她難道不曾對工作厭倦過，她放聲大笑。

「如果厭倦就能辭職那我大概會厭倦。那種話，只有行有餘力的人才會說。社長與我都是徹頭徹尾的賓館人，很清楚性交的助手是沒完沒了的。」

「原來是抱著助手的感覺啊。這種事，我頭一次聽說。」

「男人和女人都一樣，有時候不放縱身體去玩就過不去。賓館業就是扮演那個助手。觀光區的旅館只要去一次就滿足，但性交抵達的場所好像不再看一次就會不安。我老公曾這麼說過。人哪，只要嘗過一次甜頭好像就會想再回到同樣的場所。大概人就是這種動物吧。」

「妳曾說過老家是在苫多捕魚。」

「是的。那裡什麼都沒有，唯獨風景優美。不過這是現在才這麼覺得。」

「從苫多的海岸可以看見什麼？」

「還能有什麼，頂多只有大黑島與海岬還有低矮的市區。另外就是海。全部都是海。我父親是漁夫，從來沒離開過苫多，在海上捕到的漁貨都拿去和開貨車來的行商換成蔬菜與白米過生活。我家幾乎是靠撿來的海帶與魚維生。即使在我上了小學後，還有好一陣子一直以為海岬那頭就是外國。」

看著大笑的節子，俊子很不好意思。

「直到上了國中，終於可以去市區。我靠著打工剝螺肉和曬海帶存下的錢，第一次買了牛仔褲與T恤。在那之前，我從來沒穿過新衣服。我一直以為那樣是理所當然。小學健康檢查時，對面有個正在量身高的男生指著我說，那件T恤是他的。穿女生的也就算了，居然穿到同班男同學的舊衣服，很好笑吧？」

俊子自顧自地笑了一會兒。

「不過現在無論是鬆垮的T恤或穿舊的牛仔褲，我都無所謂了。」

她說著，從尼龍手提包取出二個拳頭大的鋁箔紙包。

「裡面包的是鹽鮭魚。」

節子接下飯團以雙手包覆，低頭鞠躬請求俊子接收這間賓館。俊子堅持不肯點頭。看起來毫無猶豫。是那種打從一開始就很明白拒絕的態度。節子從她的表情感受到的，是憤怒。俊子以斥責女兒的態度加強語氣。

「之前我本來覺得隨妳要繼續做或轉手都行，但我現在有點後悔了。妳聽好，這裡有妳的生活。今後妳也得賺錢糊口。唯獨這個，不管是哭是笑都得想辦法熬過去。我知道妳會很軟弱，但是做人根本的生活不能就這麼輕易拋開。我出身貧窮，所以我很清楚只顧著讓自己好過的事有多麼危險。自己不要的別人也不要。反之同理。我一直就是這麼想著活過來的。到我這把年紀，如果還撿別人的二手貨混飯吃，連我自己都無法原諒。更重要的是，如果那樣做，我會沒臉見社長。」

節子無法妥切說明，喜一郎回不來的地方根本不可能有自己的生活。

俊子手裡的飯團幾乎已吃個精光。節子也打開鋁箔紙。沾了太多鹽如果不大口吞下實在太鹹。

「請妳別當成二手貨。我並沒有那種意思。」

「夫人想無事一身輕是無所謂。畢竟妳還年輕，我也知道妳有很多選擇。但是，無事一身輕很可怕。沒有束縛的生活有多可怕，妳懂嗎？失去了安身之處與束縛的人，也不再需要明天。算我求妳，再撐一陣子，就聽我的嘮叨努力試試吧。」

最後談話還是在俊子的壓倒性主張下告終。節子等於是被堅持不肯點頭的她以「妨礙工作」為由驅趕，不得不自沙發起身。節子為飯團道謝時，俊子仍不忘再次提醒她要好好攝取三餐。

——失去安身之處與束縛的人，也不再需要明天——

她覺得喜一郎似乎在愛場醫院的角落呼喚自己。

無論泡在浴缸或躺下，俊子的話語仍在耳朵深處迴響。淺眠中傳來的沙子聲，在耳朵深處不知不覺轉為喜一郎的鼾聲。

翌晨節子打開衣櫃深處的保險箱。內部邊長約有四十公分的保險箱，隔成上下二層，下層放公司文件，上層有單薄的檔案夾。節子取出寫有「幸田觀光」的檔案夾及存摺、印章，塞進B４大小的黑色公事包。老舊的防火保險箱根本沒鎖，節子再次對丈夫的驕傲與不設防感到目瞪口呆。這是以前與喜一郎同枕共眠時從未窺見的場所。

喜一郎正朝死亡流去的沙子，究竟奏出何種音色？會是模仿他喜愛的旋律嗎？

她拿起上層的牛皮紙檔案夾。是小梢的相簿。

節子換好衣服吃濃湯與土司當早餐，以適當大小的紙袋裝著相簿鑽上車。

雲層低低地徐緩飄過。一邊遮蔽太陽一邊移動的雲朵，在經過濕原上空時從大陸的形狀變為展翅的小鳥。途中，她用手機打給小梢但是沒人接。反正人如果不在公寓也見不到面。

她在離立花公寓稍遠的地方停車。小跑步橫越後站街，穿過狹小的私人巷道走上公寓樓梯。

抱著碰運氣的心態前來，結果屋裡果然沒人。不過，和節子上週來時的樣子稍有不同。浴室晾著內衣和牛仔褲，有睡過痕跡的床下放了菸灰缸。整整齊齊排著五根菸蒂。

室內充斥男女交媾後酸腐的汗味與體液的氣味，待久了恐怕會頭痛。她嘆口大氣，把被子鋪好。

環視室內。節子從紙袋取出相簿，放在床上。只有那裡有空間可以放東西。

相簿裡收集了小梢從剛出生到幼稚園、進入小學、運動會及才藝表演的照片，最後以小梢進國中時拍的水手領制服照結束。最後一張或許是對著父親，露出有點賭氣的表情。年紀越大表情就越晦暗。沒有一張照片上有父母出現，這點倒不令人意外。

縱使看到這種東西，小梢的意識或明天也不可能輕易變化。好像也沒必要留下無聊的紙條留言。

她再次用手機打給小梢。這次響到第二聲就接了。

「有事？」

「談不上有事。妳現在人在哪裡？」

「在朋友這裡。我去阿姨那邊待了一陣子。澤木先生每天打我的手機，也打電話到阿姨這裡來，實在很煩。妳能不能轉告他別打了？」

「好吧。不過偶爾也接一下電話。說不定也會有重要的事。」

小梢略微沉默，然後說真有大事時節子應該會打給她吧。節子說不見得，小梢聽了很不高興。

「妳這話是什麼意思？」

「沒什麼意思。我只是覺得，我不見得每次都會主動跟妳連絡。」

小梢冷哼一聲。

「我現在在妳的公寓，以後別再抽大麻了。不是對身體怎樣的問題。有前科可不是什麼光榮的裝飾品。還有，妳爸已經轉到釧路町的愛場醫院。我就是要告訴妳這個。」

「知道了。」

節子謝謝她肯接電話，小梢停頓了數秒才問起真由美。看來是節子隻字未提反而令她很在意。

「後來我在阿姨那裡看了一下報紙。上面寫說她爸爸死了，後來怎樣了？」

「她跟她媽媽一起搬去帶廣了。好像住在離爺爺奶奶家很近的地方。那孩子的事妳就不用擔心了。」

「我有點被真由美的事嚇到。」

「我知道。沒講清楚原委就交給妳照顧，我也有錯。」

「不，我不是說那個。那孩子，整晚都醒著。也不睡午覺。頭二天我還以為她是太緊張或是太寂寞。夜裡她雖然閉著眼發出鼾聲，但那是騙人的。那種事多多少少分辨得出來，對吧？大概是動靜不一樣吧。看煙火回來的那天也是，她其實是裝睡。總而言之，她住在我那裡的期間，我猜她八成從來沒睡著。那個啊，大概是她也認為不裝睡說不過去吧。結果那天早上我終於忍無可忍，發脾氣叫她別再那樣。既然睡不著不如直說。」

「所以妳就帶她去車站了？」

「不是。我還沒講完。我問她為何不睡。結果，她居然說睡著了會被殺掉。我說到底是誰會殺她，妳猜她怎麼回答？」

真由美回答「爸爸」後，開始換衣服，然後就一個人想離開。小梢不願再繼續牽扯不清，於是警告真由美不准說出那幾天待在她住處的事。選擇車站長椅的也是真由美。

「什麼孩子氣不孩子氣，已經超過那種問題了。我覺得不知不覺中自己好像照著那孩子的意思被操縱，那讓我很害怕。節子妳也是，當初幹嘛要撿那種小孩回來？」

「不是撿的，是那孩子選擇我來保護她。她比任何人都聰明。可以預測自己行動後大人的反應。就像下圍棋或象棋那樣。」

小梢沒有再繼續談論真由美。

「那天的煙火真好看。我忘記道謝了。謝謝妳，再見。」

節子把手機放回皮包。鎖上屋子後，將鑰匙丟入信箱。鑰匙擦過門，在水泥上發出類似舊鈴鐺的聲音。

她在販賣部買了三明治與咖啡，望著喜一郎的睡臉把食物塞到胃裡。中元假期訪客川流不息的大廳及病房大樓，如今也恢復了安穩。窗外橫陳的大片蘆葦與喜一郎，看似以同樣的節奏呼吸。吸氣再吐出，吐氣再吸入。生生不息的景色，等到季節來臨枯萎時已做好再次重生的準備。

「爸爸下一次投胎不知道會變成什麼。」

對於丈夫的死，已經不再像之前那麼害怕。喜一郎不久就要死了。這麼想後，被勒緊的身體好像輕飄飄浮到半空中。過季的綿絮乘風而起時，想必就是這種感覺吧。

她定睛眺望窗外濕原上隨風搖曳的蘆葦穗尖。

「空洞簌簌流沙去」。

流過喜一郎身體的沙子聲，只有喜一郎聽得見。她逐一回想當天丈夫勸她整理歌集出版時說的話。

「妳不妨與自己寫的東西殉情試試。唯有這樣才能看清楚某些東西，之後的事之後再去想就好。」

「與其維持不死不活的狀態，進一次墳墓才是對彼此都好。況且妳今後也要活下去。」

「這個『玻璃蘆葦』就當作歌集的書名如何？我喜歡這首短歌。」

喜一郎指著歌集草稿想讓她吟詠的，或許是辭世之句。

節子從皮包取出歌集，塞到單薄的枕下。

握著的手毫無反應。以喜一郎的作風，縱使除了律子之外還有其他對象需要他去訣別也不足為奇。若是喜一郎，比起吟詠辭世之句，去見女人想必更能夠強烈意識到死期，也更合乎他的作風。

早知道應該向倫子請教一下巧妙哭泣的方法。這麼想的瞬間，胃底湧現難以忍受的笑意。節子握著喜一郎的手忍不住笑了。她晃動肩膀大笑，甚至懷疑橫隔膜是不是出了毛病。

節子靜靜鬆開喜一郎的手。

II

事務所籠罩凝重的氣氛，甚至連準備下班的木田聰子都停下收拾文件的動作。節子一說出要把皇家的所有權與經營權轉讓給經理宇都木俊子，澤木頓時啞然。節子把賓館的相關文件資料全都裝進公事包帶來了，一說出來意就陷入緘默。

「為什麼會這樣？」

劈頭就表明結論的業主很少見。木田聰子收拾完畢，說聲「我先下班了」拉開事務所的拉門。她要關門時，沒忘記以眼神忠告節子「千萬別惹他太生氣喔」。節子朝好心的事務員揮揮手。

「我不要求妳事事跟我商量。但是，妳突然這樣教我怎麼接受！把賓館轉讓給宇都木小姐，之後妳要怎麼辦？抱著在醫院的幸田先生，每天光靠那個能過日子嗎？」

「老師，如果對象不是我，你大概不會有這種建議吧？請把我當成普通業主看待。」

澤木盡可能選擇不表露怒氣的字眼。

「很抱歉，我比妳以為的更普通對待妳。皇家的經營絕不樂觀。或許因為每天都有現金收入所以妳感覺不到，但是交給租賃公司的租金如果照現在這樣繼續支付，無論如何都會出現經營危機。雖然名義上是法人，實質上卻是私人經營。是因為有幸田喜一郎的名字才能那樣減額付款。那並非經營者轉手給外人還能適用的免除額。今後繼續經營就是擔保。只有妳繼承，才能維持租賃公司方面的信用，這妳應該也明白吧？」

「如果有你幫忙，難道不能想辦法轉圜嗎？」

節子還沒完全說完，澤木已忍不住怒吼。

「妳到底想幹什麼？」

此時此地拋開生意，幸田節子想幹什麼？至少她看起來並不像在認真思考今後去向。節子一臉淡漠地撂下話：

「那包袱對我太沉重。如此而已。」

如此而已嗎？澤木問。是的，節子回答。沒有問清究竟是什麼包袱讓她如此沉重的情況下，他不可能被說服。

橘色的夕陽斜斜照進來，事務所本身看似在發光。明明這麼亮，自己想見到的卻一個也見不到。

「老師，要不要去兜風？」

不意間被這麼問，他霎時抬起頭，但視線很快再次落到桌上放置的公事包。棘刺感沒有沖淡，距離心悅誠服還很遠。這樣的勸說，即便耗上幾小時，只要幸田節子沒那個意願，照樣令他束手無策。節子又說一次：

「去兜風吧。」

節子說，希望他陪她去個地方。

「妳想去哪裡？我倒是很想繼續思考這個強人所難的難題該怎麼辦。」

「我想去厚岸。」

澤木沿著海岸一路朝城市的東邊駛去。離開事務所時仍有餘光的水平線，如今也已和天空混為一色。步道逐漸變窄，最後路旁變成白線與路肩。

「要走海岸公路去嗎？」

「就這麼辦吧，對向來車也比較少。」

經過「距離厚岸三十八公里」的路標後，道路兩旁變成樹林。每過幾分鐘，就會穿過一條橫亙道路的濃霧帶。澤木保持時速七十公里的車速前進。即便在山區減速，只要四十分鐘便可到厚岸。

就在道路兩旁變成陡坡時，左側有東西衝出。澤木急踩煞車。安全帶卡緊，勒進肩膀。車頭燈前方，有一頭雌鹿。發出紅光的眼睛對著他們，然後雌鹿在下一瞬間衝上右側斜坡。即便鹿消失了車子也沒動，節子問他怎麼不走。

「不一定只有一頭吧。說不定還有小鹿，或是與牠為伴的雄鹿。就算是鹿，獨自在這種時間步行想必也很不安全。」

話還沒說完，左側斜坡果真出現小鹿。不知是腳力不如雌鹿，還是害怕燈光，只見牠畏畏縮縮來到馬路上，來回看著在斜坡等候的雌鹿與停下的汽車，同時站在原地不動。澤木把大燈切換成小燈。小鹿跳了一下後越過馬路，猛然衝上雌鹿等候的斜坡。

澤木在連續急彎道的上坡口減速。緩緩繞過造成喜一郎出事的擋土牆那個轉彎。節子被儀器照亮的眼朝黑暗睜大。

「今天，我和愛場醫生談過。是關於幸田的病情。」

「愛場怎麼說？」

「雖然他變成那種狀態，據說還是可以維持三個月。我問他在這種狀態下活著有什麼意義，他沒有回答。」

「即便如此妳還是要把賓館轉讓給宇都木小姐嗎？」

對話沒有出口。車子上了國道四四號線經過尾幌。還有十五公里便可進入市區。

「老師，不能去我上次接到你電話時的那個海岸嗎？」

「隨妳。既然是兜風，愛在哪兒停就在哪兒停。」

在節子的指引下，澤木把車子停在靠近海灘的路旁。下了車，海風已散發秋天的氣息。他們試著走下海灘，但路燈照亮的範圍僅有三十公尺。節子一邊留意腳下一邊走到燈光盡頭。不知是否正逢退潮，浪濤聲很遠。節子轉身面對大海。星星在平靜的海面落下光點。

他在浪濤聲之間試著開口。雖然對自己的囉唆感到厭煩，卻又相信說服節子是自己的職責。

「或許會是沉重的包袱，但妳就不能再努力一下嗎？」

他揮除上次講電話時閃過的晦暗預感。二人之間有濤聲掃過。節子默然望著大海。或許是因為此地形成大海灣，和釧路那種怒濤拍岸捲起千層沙的海面不同。高高低低的波頭一律溫柔輕盈。別讓我再說更多——這句話被高起的浪頭蓋過。

「老師，我想回老家一下，可以嗎？」

凝重的時間暫時結束讓澤木鬆了一口氣，他點頭同意。節子抖落鞋子裡的沙，鑽進副駕駛座。

街上的燈光晃動。澤木一邊聽節子的指示一邊打了幾次方向盤。五分鐘就抵達小型鬧區。這是一條兩側各有十家酒吧及酒廊的巷道，但招牌亮著燈的只有兩端的二家店。小巷中央是「巴比阿那」。

他把車停在緊靠店面牆壁的地方。見他還在猶豫是否要一起下車，節子敲敲駕駛座這邊的車窗邀請澤木。拉開木門走進店裡，室內充斥潮濕的壁面滲出的菸味及排水溝湧起的下水道臭氣。節子按下吧台邊的牆上開關。天花板上的三盞燈有二盞都壞了，被暗色木紋壁紙吸收的燈光，照不到腳下。

「無論是海上有風雨不能出海捕魚或自海上歸來時，漁夫們都會在這裡大鬧。從我出生就一直這樣，所以我就算在卡拉ＯＫ和喧鬧聲中也照樣能夠熟睡。上高中那年開始在釧路寄宿，結果太安靜反而害我好一陣子睡不著。」

澤木在昏暗中聆聽節子訴說以前住在這裡的往事。

一上國中，班導師便聽說節子在吧台接待客人，跑來苦口婆心地勸阻，卻反被節子的母親哄得服服貼貼。那位男老師故意趁節子不在時上門，可見多少還是有一點不良企圖吧。

澤木笑了。節子看起來分明就是執意故作開朗。

「我媽就女人的標準而言或許算是個有趣的人吧。她愛說謊又任性，在男人看來也許很可愛。幸田和她交往時八成也對她那種個性好氣又好笑。」

「幸田先生與妳母親，原來是那種關係嗎？」

節子頷首。澤木覺得，節子之所以選擇與母親的情人結婚這種生活方式好像也是因為他自己不爭氣，於是將雙手插進休閒褲口袋低頭不語。他只祈求節子至少不要像她母親。

「不過，我覺得其實也不賴。」

「什麼？」

「婚姻生活。幸田求婚時說，他會給我金錢與閒暇叫我隨自己喜歡的方式生活。他從來不說喜歡或討厭。我很輕鬆。既不會被人試探心情，也不要求我回報。那個人，好像深信女人全都會愛上他。他的自信強大得可怕，是個無藥可救的樂天派。」

「有錢有閒的生活，那肯定不賴。」

澤木問：「快樂嗎？」節子沒回答，鑽過吧台後方的布簾。澤木也尾隨在後。室內有種帶著酸味的皮脂及油耗味。在此度過的生活種種皆已發酵，變質成別的東西。就是那樣的氣味。

拉扯日光燈下方的繩子，燈閃了幾次後終於亮起。在亮度緩緩增加的室內，節子微笑。澤木對屋主不在的室內瀰漫的空虛無助感到困惑，同時也被老房子飄散的那股難以形容的異臭熏得招架不住。節子說：「只要一關緊門窗就完蛋。」一邊拿起地上的室內用除臭噴霧劑。人工氣味也只飄散了一會兒，異臭立刻又回來了。

他覺得這樣四處打量室內好像有點失禮，於是默默注視腳尖，節子說：「等一下。」一邊拉開寢室的壁櫥。從下層拖出二個紙箱，再從更深處拉出印有和歌山橘子的紙箱。

「找到了。」

澤木朝節子走過去。紙箱上以細字簽字筆寫著「節子」。打開蓋子，最上面有相簿。底下塞滿裝獎狀的圓筒及小型獎牌。節子拿著相簿站起來。

「我一直想看這個。不好意思，還讓你陪我。」

澤木看著節子翻開相簿的側臉，鬆了一口氣。只要知道來這裡的理由，莫名的不安自然也會沖淡。

「這是到我中學為止的相簿。今早，我從保險箱翻出小梢的相簿，已經送去她的住處了。就是那時想起這個。」

「妳和小梢取得連絡了？」

「我拚命打給她，總算接通了。她聽起來過得很好。好像偶爾也會回住處。她說之前待在阿姨那裡。雖然她很不穩定，不過如果才二十出頭就領悟什麼人生也會覺得挺詭異的。」

「不管過了三十還是四十歲，不穩定的傢伙永遠不穩定。」

澤木的腦海閃過石黑加奈的臉孔。

節子翻開相簿，照片只貼滿前面一半的頁數。最後好像是國中畢業典禮上的快照。二張之中的一張是她沒注意鏡頭、毫無防備的側臉。另一張是發現鏡頭後的笑臉。澤木伸頭湊近相簿。

「露出笑臉的，只有這一張呢。好像我從生下來就一直臭臉似的。」

「小節應該是常笑的人吧？」

店門好像開了。

「律子，妳回來了？」

節子把相簿交給澤木，自己走到前面的店面。

他隨手翻閱相簿。第一頁，有一張女人抱著嬰兒的照片。照片下方以很有特色的筆跡寫著「節子誕生」。女人看起來有點像節子，但五官好像比節子稚氣多了。她母親的照片就只有這一張。

澤木霎時再不猶豫。急忙將節子唯一一張笑臉塞到夾克的胸前口袋。他想在將來某一天笑著招認。屆時他會說當時真的很想要。

澤木把相簿放回紙箱，追在節子後面來到短短的走廊上。但，注意力沒放在腳下，倒是被布簾外吸引，途中不慎撞到左腳小指。強烈的痛楚令他不禁彎身。腳下有的，是加油站的罐子。「十公升」這幾個字映入眼簾。之前進屋時並未留意到。「為何這裡有這種東西」的疑問只在瞬間閃過，注意力立刻轉向店面，他直起身子。

從布簾的縫隙窺視，有個女人穿著碎花罩衫。年紀相當大，但是不像家庭主婦。好像是在這條小巷開店的老闆娘。節子背對他這邊。

「原來是小節啊。我聽住持太太說了。真是苦了妳了。律子回來了嗎？」

節子搖頭。

「怎麼，她還在四處閒逛啊？等她回來我可得好好說說她。妳從小就老是乖乖聽律子的。現在妳也長大了，那種母親的作為妳可不能完全原諒她。不過該說是因果報應嗎？妳居然故意跟妳媽的男人結婚。」

察覺自布簾現身的澤木，老闆娘的話打住了。她以眼神詢問節子這人是誰。節子說是生意上頗受照顧的人，把澤木介紹給她。她以帶著好奇的眼神來回打量二人後，匆匆離去。

澤木問她母親去哪裡了。節子沒回答，逕自穿過澤木身旁。關掉客廳日光燈回來後，節子以開朗的聲調說：

「走吧。」

澤木默默離開「巴比阿那」。一分鐘後，她也回到副駕駛座。

＊

「我們根本沒分手過。一直保持關係。爹地真正愛的是我。到底要我講幾遍妳才懂，笨ㄚ頭！」

「妳再說一次！妳和爸爸還有關係？妳再說一次試試！」

這大概是律子第一次看到女兒發飆吧。她從小就沒對母親大聲過。聽了女兒說的話，律子露出「妳連那種事都沒發現」的表情，發出高亢的笑聲。

「有關係。一直都有。對爹地來說妳只不過是玩具。妳聞到錢的味道就乖乖上鉤，只是個乳臭未乾的小鬼頭！」

她氣得發抖，用力推開母親。律子的身體失去重心，像推柱子遊戲的柱子般保持直立的姿勢仰天向後倒。律子背後的櫃子發出刺耳的巨響。那是上下層有落差的舊櫃子，下層的櫃角在母親後腦鑿出一個洞。

之後的事她只記得片斷。

那天，她從床上扯了一張毯子包裹律子。客廳的地板撬開後，露出雜草叢生的土地。她把毯子扔到雜草上。毯子沒裹緊，露出了手腳。她急忙清洗馬克杯。影像，如數位相框淡淡切換場景。

節子看著駕駛座的澤木。察覺她的注視，他微微勾唇。在小巷出口，車子向左打方向燈。來自根室方向的大卡車行經眼前。與確認左右來車的澤木四目相接。節子在車子開到主線道時高喊：

「等一下！對不起，老師，我好像有東西忘記拿了。」

＊

澤木踩煞車。車子猛然往前一衝，在路肩停下。

「這條巷子是單行道。只要彎過一個街角就沒問題。妳等一下。」

「我用跑的更快。請你在這裡等我。」

節子衝出副駕駛座的車門飛奔而去。紫藤色針織衫配黑色長褲的背影，一下子彎過小巷轉角就不見了。

澤木怕二人正好錯過，於是決定待在原地不動。車內響起警示燈規律的聲音。望著時鐘數位顯示的五分鐘，漫長得幾乎令他嘆氣。

節子遲遲不見歸來。正當他再也想像不出她到底遺落了什麼時，忽然聽見爆炸聲。澤木身子一扭，朝小巷看去。隨即從角落的爐邊燒居酒屋衝出疑似客人的男子。接著剛才在「巴比阿那」與節子說話的老闆娘也出現了。

澤木將車子熄火，走出駕駛座。

走到鈴蘭銀座的拱門下時，差點與叫嚷著「消防車」跑來的老闆娘迎面撞上。

男人獨自佇立小巷的中央附近。從「巴比阿那」的門縫之間，噴出灰色濃煙。

他以為自己在跑，卻絲毫沒有前進的感覺。鐵皮屋頂與牆縫之間噴出的黑煙開始夾雜火燄。剛才還靜悄悄的小巷，現在擠滿人潮。澤木腳步踉蹌地朝火燄奔跑。眼看只差一點點了，卻被人拽住他的手臂。他被向後拖著遠離火燄。

火柱開始吞食相鄰店面時，終於傳來消防車的警笛聲。

終章

都築在午後三點整現身事務所。在玄關口一邊脫下黑色大衣，一邊為突然造訪再三道歉。他說其實正在休假。

「今年最後的休假，居然用來找蹺家的人。」

澤木送上拖鞋，抱著諷刺的意味說：「那真是辛苦你了。」都築一邊道謝任由腳跟露在拖鞋外，上前一步環視事務所內。

「這就是你的工作場所嗎？你住在哪裡？」

「這後面。」

都築的視線停留在澤木指的那扇門，說聲「噢」點點頭。他問澤木是獨居嗎，澤木回答是的。

「聽說幸田節子女士的先生好像過世了。」

「昨天清晨。上午剛剛火化。」

都築說喪禮進行得可真快，然後歪起腦袋有點納悶。澤木把昨天早上宇都木俊子說的話原封不動地解釋給他聽。

「原來如此，現金買賣、特種營業還有這麼多麻煩的問題啊。」

四個月前接受偵訊時，澤木無暇仔細打量刑警的臉。淺黑色臉孔，夾雜灰白的頭髮，濃眉，眼睛像大象那麼小，不洩漏一絲感情。年紀大約五十出頭吧。

他請都築在事務所角落的沙發坐下。木田聰子以「太占地方」為由一再勸告他扔掉沙發。本來那張沙發放在前任所長的書房，搬到事務所時應該決定丟棄，卻不知何故十年來都放在同樣的位置。

為了不收拾桌上的文件也能吃便當，那裡長期被節子當作午餐地點。她說這樣的話吃完立刻可以回去工作。雖然合理，但他記得當時好像被催著工作。起初他想，這是個繃得很緊的女人。過了半年才發現那個感想錯了。老做法被節子改革一新，效率變得很高。

他和坐沙發的都築保持二張桌子的距離，在自己的位子坐下。雖然沒有遠到聽不見聲音，但也不是可以促膝討論麻煩事的近距離。四個月沒見了呢，都築說。木田泡茶放在都築面前的小木桌上。刑警客氣向她道謝，轉頭面對澤木，問他是否記得位於鈴蘭銀座邊上的「竹中」。當時就是那間店的老闆娘與澤木一同指證「巴比阿那」火場的死者是節子。他回答記得，都築的聲音頓時壓低。

「她說，一直沒看到做母親的回來。」

「誰的母親？」

「已故幸田節子女士的親生母親。據說名叫藤島律子。竹中的老闆娘說，她不可能離開厚岸這麼久還不回來。還吵著非要我把人找出來。我也去問過與藤島律子交好的住持太太。律子在幸田喜一郎先生車禍發生的翌日被人目擊出現在厚岸車站，之後現身釧路的市民醫院，從此再也無人知道她的行蹤。也連絡不到她。應該知道內情的女兒又發生了那種事。」

「這我可幫不上任何忙。基本上我根本沒見過她母親。」

都築面帶從容的笑意，抓住澤木的話柄。

「但是，你和做女兒的有親密關係吧？」

「她已經不在了，我不希望那種事再被人挖出來翻舊帳。」

「我想也是。當時澤木先生的表現，令我印象深刻。只能說非常同情。現在仍然這麼覺得。」

難堪的沉默降臨。澤木把桌上的報紙拉過來。視線落在聖誕節前大雪造成道東交通網大受打擊的報導上。窗外鏟雪堆成的雪山約有一個人的高度。報紙上「白色聖誕」這個小標題是反白字樣。

「幸田節子女士是從何時到何時在此工作？」

「她從短大畢業後立刻就到我這裡上班了，總共五年。她的履歷表還留著，你可以看。」

澤木暗忖就算給刑警看這種東西也不可能有任何線索，取出舊檔案。都築接過節子的履歷表，像要強調這種基本的東西早就調查過了，迅速瀏覽後還給他。

「她在厚岸待到中學為止。可以考進釧路的江南高中，可見她相當用功。」

「她是個很有能力的事務員。剛來的時候一竅不通，不到一年已能完全掌握工作的流程。珠算上段，心算比電子計算機還快。履歷表上應該也有寫。」

「可是，工作五年後她沒有嫁給你，卻和你的客戶幸田喜一郎結婚了。同時和你們兩人都保持肉體關係。在我這個年代的男人看來，簡直是開玩笑。虧你能容忍她。」

「那只是因為我不適合婚姻。這個話題，坦白講令人很不愉快。」

都築說聲失禮，大手在脖子後面揉了兩三下。明明聲稱是在追查節子母親的下落，問的卻全是他與節子的問題。究竟是調查到什麼地步才找上門？休假中的刑警有什麼目的？澤木拚命試圖從他的表情刺探。木田看似什麼也沒聽見，正在寫事務所用的賀年卡收件人姓名。她運用自來水毛筆寫出的一手好字，總是備受客戶稱讚。

「幸田喜一郎原本是節子的母親藤島律子的交往對象。他居然與情人的女兒結婚。身為男人實在是令人不得不羨慕啊。」

都築又補充道，不過這可不是我的嗜好。然後把視線停留在澤木臉上。他似乎不打算避開木田聰子。

「這個我在她出事的那天已經聽說了。我很驚訝，但也只覺得原來世上還有這種事。無論幸田先生或節子，應該都對周遭好奇的眼光早有心理準備了吧。」

都築立刻說：「對對對，問題就出在那裡。就是那個心理準備。」他把右手舉至肩頭的高度朝澤木揮動。

「夏天這段時間我們才發現，縱火用的汽油，是幸田節子在厚岸的加油站弄來的。就在幸田喜一郎出車禍的隔天中午。加油站員工記得很清楚。據說她起初是走路拎著十八公升裝的藍色塑膠桶去。她聲稱汽車沒油了。可是，店員說汽油的揮發性很強不能裝進那裡面賣給她，據說她就改拿專用罐去買。店員提議可以讓專用車過去幫她加油，但她拒絕，買了十公升的汽油。專用罐這種東西，價錢可不便宜喲。」

在弄清都築想說什麼之前，他決定默默聽這個男人敘述。澤木覺得只要洩漏一句話，他好像會立刻找到洞，把那裡撬開。

「最後和藤島律子一同行動的，恐怕就是她女兒節子喔。」

「你到底想說什麼？」

「藤島律子與幸田節子，據說外貌酷似甚至被人誤認為姐妹。身材體型也一樣，血型都是B型。」

都築深吸一口氣。澤木察覺自己已停止呼吸。

「那起火災找到的遺體，我認為也許是藤島律子。這個說法，對你來說不是好消息嗎？」

澤木拚命挖掘「巴比阿那」後方那間客廳的記憶。難以形容的惡臭，汽油罐，「竹中」老闆娘說的話。遲遲未歸的母親。

「幸田節子的遺骨，現在在哪裡？」

都築的眼睛瞇得更細。澤木緩緩眨眼回答：

「骨灰已經灑在厚岸的海裡了。雖然我猶豫了很久。」

「海葬嗎？」

「對，那是她的希望。」

都築問他們幾時談過那種話題。澤木一邊回想節子在電話中聲稱人在厚岸海灘時說的話，一邊撒謊說是火災前一刻在沙灘提起的。

「像開玩笑般隨口講的一句話，為何會起意執行，我自己也感到不可思議。」

「不用先徵求她母親這個死者唯一的親人同意嗎？」

「是她母親自己連女兒死了都不出現，甚至找不到人。」

都築低聲沉吟同時撇嘴。

「如果有幸田節子的照片，能否借給我？她的老家已燒毀，在厚岸的友人也少得極端。就算看她在釧路加入的短歌會相簿，不是只照到側面就是臉藏起一半，幾乎沒有留下任何清楚的正面照。她在會裡好像也不怎麼受歡迎。今天來拜訪，其實也是為了這個請求。最好是有她最近的大頭照。」

他想起夾在歌集裡的二張照片。都築的假說，歸納出節子還活著的結論，同時也直指她母親的死與她大有關係。澤木閉上眼，不讓視線射向桌子抽屜。

「你怎麼了？」

都築的聲音令他睜眼。

「連休假都利用時間，真是辛苦你了。」

「我是急性子，對任何事都是。畢竟我從年輕時就在『竹中』的老闆娘面前抬不起頭。所以我用昨天和今天全速調查，總算做好準備來拜訪你。」

「把我放到後面是為什麼？」

都築微微歪頭，視線在檔案櫃遊移。

「把你放到後面的說法並不正確。這只是因為我自己判斷，你是重要人物。如果不提出某種程度的材料給你看，不可能從你口中套出任何消息。畢竟你至今仍是最親近幸田節子的人。」

「很遺憾，我認為在那場火災已失去節子。我也沒有拍照的嗜好，她留給我的，僅有一本歌集。」

「那本歌集，可以讓我看看嗎？」

對方立刻拋出的話，令他不禁看著桌子抽屜。當他暗呼不妙時已經太遲，刑警的視線也已射向同一個地方了。澤木從放置私人物品的抽屜拿出歌集，夾在封面與目次之間的照片倏然滑入抽屜。照片與放在深處的置物盒相撞微微反彈。放在置物盒裡的，是沒有完全化為粉末灑入海中的部分遺骨。

本來是抱著一切還諸大海的心情開始灑骨灰，但那天卻以「等她母親出現可以交給她」這個藉口縱容了自己。單薄皮膚下的徐緩曲線。鎖骨的一半。

交出歌集時，都築說：

「裡面本來夾了什麼嗎？」

「不是什麼重要的東西。」

「是照片之類的嗎？」

這只是我的直覺——都築如此補充時眼神變得更沉穩。澤木憤然搭話：

「若要找照片，她出版這本歌集時曾接受報紙採訪。想必那是她最近的照片了。如果發現她還活著，請轉告她至少跟我連絡一下。」

「是什麼時候做的採訪？」

「應該是七月。」

都築從胸前口袋取出記事本寫下報社及歌集名稱，一邊頻頻點頭。

澤木扔在桌上的手機響了。他暗自祈禱是客戶一邊看來電顯示。是小梢打來的。都築開始翻閱歌集。澤木在鈴聲響到第三聲時按下通話鍵。

「老師，爸爸的事，是真的嗎？」

聲音在顫抖。誰教妳自己一直不肯接電話——他嚥下這句話。

「妳聽誰說的？」

「加奈阿姨。她對我發了好大的脾氣。還叫我不准再去她那裡。」

「被人痛罵不是壞事。如果能趁此機會好好反省，她那個人一定會原諒妳。」

「爸爸已經化為骨灰了嗎？」

「上午我和宇都木小姐去了火葬場。骨灰在她那裡。她說不打算放進寺廟或墳墓。還說會一直留在身邊。但我覺得那其實是妳的職責。這次賓館轉讓我雖負責管理財產，但與債務相抵後幾乎沒剩下個人資產。至於保險金，接下來才要開始辦手續。妳如果能好好接我的電話是最好。」

手機彼端，小梢哭了。他沒有萌生一絲同情。用途不明的金額有一千萬，這件事他不敢告訴任何人。他只能努力設法讓帳面上看不出錢究竟是幾時進了誰的口袋。

他很感謝石黑加奈替他責罵小梢。他與加奈，在厚岸火災的二個月後，十月底發生過一次關係。照理說快感及當時渴求的體溫都已充分得到，卻感到不會再有第二次，就這樣關係停滯不前。

「我只希望將來有一天，生活與心情都已穩定下來的妳，能夠以女兒的身分好好供奉幸田先生。到時候再去宇都木小姐那邊拜託她把骨灰交還給妳。這樣可以吧？」

梢簡短應了一聲好。澤木勸她現在說什麼都已於事無補，不如彼此都積極一點努力向前看，就此結束通話。刑警合起歌集，視線投向他放回桌上的手機。

「不好意思，請問是誰打來的？」

「幸田喜一郎先生的女兒。我想通知她父親過世，她卻不接手機。據說被阿姨罵了一頓才打電話給我。」

「你說的阿姨，是哪位？」

「幸田先生前妻的妹妹。」

「幸田家的事，你好像很了解。」

「他出車禍後，節子曾拜託我尋找下落不明的繼女。就是剛才這孩子。」

「為求謹慎起見，能否把那位小姐和她阿姨的姓名及連絡方式告訴我？」

澤木把寫有立花公寓的地址及「滴」電話號碼的紙條交給都築。

「謝謝你的協助。感激不盡。」

「這個調查，不是刑警先生職務上的工作吧？就我的理解，好像是你個人受『竹中』老闆娘之託才這麼做。」

都築的小眼睛微微發光。

「接下來，我打算去皇家。也有事情想請教現任社長。我休假只到今天，所以我也很急。」

都築把接過來的紙條放進胸前口袋後，自沙發起身。套上看似沉重的大衣走出事務所時，他深深鞠躬說：

「歌集的內容令人相當感興趣。我想今後還會有麻煩澤木先生協助之處。屆時還請多多幫忙。」

澤木明知這種態度很不成熟，還是賞他一記白眼。

木田收拾完茶杯後，把她之前灑在澤木身上剩下的鹽巴，灑在都築離去的玄關口。

澤木從抽屜取出佐野倫子寄來的信。他重看內容，思忖對方連電話號碼都寫上的用意。佐野倫子，佐野，他在腦中一再試著反覆叨念。迷霧籠罩的記憶底層，緩緩浮現一起事件。

那是澤木接到石黑加奈的電話又看了報紙後，認定節子把小女孩軟禁在小梢住處的那件事件。結果綁架勒索案原來是小女孩的繼父自導自演，而那個男人也在犯行拆穿前自殺身亡。當時在報上看到的名字不就是「佐野」嗎？

他試著逐一回想節子穿黑色洋裝出現的那晚。要從她留下的足跡將事件的全貌納入視野很困難。但只要見到佐野倫子這個女人——他想。澤木面對自己被賦予的角色，用力吞了一口口水。

他急忙叫計程車。

「老師，您這是怎麼了？」

木田聰子摘下老花眼鏡問。澤木深吸一口氣。

「木田小姐，我有事要拜託妳。」

「若是上班時間內我能做的，您儘管吩咐。」

木田像要隨口敷衍般回答。澤木張開左手手指，猛然朝木田一伸。木田的視線帶著問號。

「年終獎金，再加五萬如何？」

木田問這到底是怎麼一回事。澤木指著牆上的鐘，時間已是三點四十分。

「我要搭超級大空號[10]去帶廣。現在去的話應該趕得上十二號那一班。我打算立刻回來，不過也許趕不上搭今天的末班車回來。」

木田抓著自來水毛筆，以平板的聲音回應：

「無論誰打電話來，都說您臨時被客戶找去就行了吧？去處為了企業利益不便告知。您自己也要小心喔。我可不希望到了年底忽然失去工作。」

澤木套上晾在暖爐附近的羽絨衣。木田不理會這樣的他，又埋頭寫起賀年卡的收信人。澤木道謝，木田一邊運筆如飛一邊回答：「去吧去吧。」

他對計程車司機說：「去車站。」身旁的公事包裡，裝有歌集與佐野倫子的來信。他決定等抵達帶廣後再打電話給佐野倫子。如果她不在就等到她回來為止。就

10 超級大空號：北海道道央地區的札幌經帶廣行駛至道東地區的釧路之間的特急列車。

因為如此才把年終獎金加碼。木田聰子應該能妥善應付。

抵達車站前的這段路上，他緊握收到的照片。他必須確認節子到底是對著誰微笑。

他勉強趕上下午四點十七分發車的超級大空十二號。預計在五點四十三分抵達帶廣。釧路至帶廣有一百二十公里。這種下雪的時候，就算稍有耽擱絕對還是坐火車更快。

下了帶廣車站，他搭上計程車。費了將近三十分鐘才抵達信封上寫的地址。雪比釧路更深，看起來還不會停。

澤木在帶廣市西側開闢的公寓區一角下了計程車。樓高八層的公寓，頂樓就是佐野倫子的住處。一樓是牙醫診所及麵包店、地下停車場的入口。他取出寫有電話號碼的便條紙，按下號碼。

「媽咪烘焙坊，您好。」

輕快的回應，令他不禁比對紙條與他撥打的號碼。「請問佐野女士——」說到一半，才發現眼前的麵包店招牌就是「媽咪烘焙坊」。

「如果我打錯了還請見諒。請問這不是佐野倫子女士的電話號碼嗎？」

「是，我就是佐野。不好意思，我剛才以為是打來店裡的電話。對不起。」

「敝姓澤木。是住在釧路的澤木，之前收到幸田節子小姐的照片。冒昧來電很抱歉。但我覺得寫謝函好像也有點那個……」

澤木說若是她在忙就另找時間再打，佐野聽到他這麼說，笑著說不要緊。

「一週前剛開了麵包店。之前倒是真的一團忙亂，不過開店之後頓時變得很閒。」

坦然的笑聲後，佐野倫子說，很高興能接到他的電話。澤木下定決心，開口說他因公務正好來到這附近。

「我也知道突然打擾很失禮。其實我就在看得見麵包店招牌的地方。」

他試著詢問是否方便登門拜訪。他心想如果對方說不能見面那自然有不能見面的理由。但佐野倫子以令他錯愕的開朗聲調說：

「歡迎您來。雖是小麵包店，但也可在店內用餐。恭候大駕。」

澤木抱著一抹期待走進媽咪烘焙坊。

以法國麵包及土司為主，另外還有與其稱為麵包更接近蛋糕的數種點心麵包。店面小巧玲瓏。門內，約有澤木那麼高的聖誕樹上，小燈泡一閃一閃。

佐野倫子身穿白毛衣黑長褲，搭配胸前印有店名的奶油色圍裙以及成套的頭巾站在收銀台。

「原來您真的就在附近啊。」

頭巾包覆的頭髮好像剪得很短。澤木取出名片，遞給倫子。

隨後進來一名看似剛下班的中年男人，要了一條法國麵包與三種點心麵包。倫子指著店內深處的咖啡座，請他先坐下等候。

二人用的桌子有三張，排在窗邊。澤木在最前方的椅子坐下，環視店內。廚房隔著大片玻璃足以一目瞭然。裡面有一個師傅，正背對這邊以緩慢的動作攪拌鍋子。

「讓您久等了。」

托盤上放了咖啡，以及用起酥皮包起司蛋糕的起司派，就這樣放到桌上。

「這個是本店的招牌商品。我希望春天之前能夠設法讓生意上軌道。」

倫子靦腆地比個請用的手勢。澤木欣然品嘗咖啡與麵包。坐在他對面的倫子始終滿面笑容。那種嘴形一點也不令人反感，讓人覺得也許她天生適合做服務業。

麵包沒有外表看起來那麼甜，很好吃。咖啡也帶有風味特殊的苦味，可見豆子選得很好。他坦誠說出感想後，倫子綻放笑顏。

「謝謝妳寄來的照片。其實起初，我還在想為何要給我。我無法想像節子跟誰提過我。」

「她的事情我聽說了，雖然聽到的內容更近似流言。剛聽說的那陣子我還不敢相信，自己也不知如何是好，最近總算可以冷靜下來思考了。所以我想一定要給澤木先生。」

「節子是怎麼提到我的？」

他戰戰兢兢地問。倫子的視線垂落桌面沉默了幾秒。澤木耐心等待倫子發言。

「應該是把您看得非常重要吧。」

這次輪到澤木沉默。咖啡似乎變得更苦，他拈起一塊麵包放入嘴裡。最後耐不住沉默，問起倫子的孩子。

「她今天在家。就是這棟公寓的八樓。我婆家就在旁邊，所以不時也會去那邊過夜。其實這棟公寓也是我公公名下的房子。他說花店關掉後店面空著，問我要不要做點小生意。我是抱著重新來過的打算開始的。」

丈夫過世四個多月，如此積極進取的佐野倫子讓人感到某種生命力。澤木想起關於她丈夫虐待女兒的報導。

「那位麵包師傅正在做什麼？」

他看著廚房問，倫子回答：「藍莓果醬。」師傅頭巾下的頭髮好像與倫子一樣短，從肩寬看來應該是女的。

如她所言，像這種規模如果在雪融之前生意沒上軌道恐怕會很難維持。不過，她公公那邊可以通融店租的話，說不定還能再多撐半年。

「澤木先生，像這麼小的店您也願意受理經營諮商嗎？」

「那當然，舉凡與經營有關，乃至瑣碎的收支決算、會計管理、經營顧問全部包辦。我要鏟除的是業主自己心軟無法面對的問題，所以當然還得看彼此是否合得來。這邊和大都會不同，工作內容也未分散化，因此我的事務所等於包打雜。」

窗外落下大顆雪花。

「待會兒您要開車回釧路嗎？」

「不，搭火車。這雪太大了。我對走山路沒把握。今天釧路也在下雪。真是罕見的年底。」

「您來這裡，只是為了照片嗎？」

倫子瞇起眼微笑。澤木說出在火車上想了半天的理由。

「當然，一方面是要為照片道謝。但其實最主要是想報告已將節子的遺骨灑入她的故鄉海中。」

「她的故鄉，是厚岸吧？」

澤木點頭，倫子只說了一句「這樣啊」便垂首不語。每次沉默降臨，澤木就看著玻璃那頭正在做果醬的師傅肩膀。

這時師傅轉身面對店面這邊。正因一直抱著一絲希望，強烈的失望頓時襲向澤木。不是節子。眼睛鼻子嘴巴都不像，是不相干的外人。自己到底在期待什麼？

漫長的沉默得設法解決。澤木從皮包取出倫子寄來的照片，問她這是什麼時候拍的。

「不知道。」

倫子蹙眉，歪頭思索。

「雖說是生前，但這表情分明只可能是死亡之前。我從她二十歲左右就認識她，幸田先生變成那樣後，她在短時間內就瘦了很多。老實說這顯然就是那時候的節子。」

「我想大概是我女兒惡作劇時拍下來的。是舊的拋棄式相機。我好奇拍了什麼拿去請人沖洗，才發現那個。可能是我們搬家前，她來我們位於彌生町的家裡時拍的吧。」

果醬製作好像告一段落。玻璃那頭的師傅開始收拾廚房。倫子發現後起身過去。她與廚房的女人針對明天的工作展開討論。澤木心頭仍有難以釋懷的遺憾，一邊看手錶。

倫子把店裡的點心麵包及法國麵包、土司裝了一袋後回來。

「這些等於是賣剩的實在不好意思，請收下。」

「不，我付錢。生意人不可以做這種事。」

倫子說那豈不是成了強迫推銷，堅持不肯收錢。

「如果喜歡，請受理本店的經營諮商。若能得到您的建議我會很開心。這個就當作是為了成為您的客戶所提供的樣品。」

「好吧。有機會再來此地時我會再過來。還有，我接下來說的就當作是謝禮。要成功就不能增加太多商品種類。也不可隨便降價。一定要有一種讓人非買不可的招牌商品。生意能不能上軌道，恐怕全得看那個。老老實實守著一樣商品也是一種做生意的方法。千萬不能貪心或焦急。做生意其實是從割捨開始。起初生意如果不艱苦，就無法長久持續。大張旗鼓地開店有好也有壞。」

「我們的師傅手藝很好。才開店一星期，我也會不屈不撓地努力。」

「那麼，妳一定要堅守該給師傅的薪水。無可取代的人更要厚待，這是鐵律。」

不知幾時廚房的燈熄了。麵包師傅好像也開始準備下班。倫子為他這番老生常談的建議鄭重致謝。澤木決定先撤退，走出媽咪烘焙坊。

即使對方說寄照片除了表達同情與好意之外別無他意，一度期待的心情還是無法輕易捨去。他嘲笑自己這把年紀還在搞什麼，但心頭仍舊騷動不安。

澤木沿著飄落大顆雪花的住宅區朝大馬路邁步。轉彎前，轉身朝斜對面的媽咪烘焙坊看了一眼。聖誕樹的小燈飾甚至照亮外頭的路面。

這是個無風的夜晚。大顆雪花如同隨意搓成的粗毛線連綿不絕落到地上。澤木在原地站了一會兒，望著聖誕樹明滅不定的燈光。他在雪中思考究竟是什麼令自己內心深處不安。他拍去髮上的積雪，戴上羽絨衣的帽子。飄進領口的雪溶化了。發熱的腦仁開始冷卻。

這時媽咪烘焙坊走出一個穿白色羽絨大衣的女人。背著雙肩背包。脖子上圍著與黃色毛線帽成套的圍巾。好像是廚房裡那個麵包師傅。接著公寓衝出一個穿雪衣的小女孩。小女孩朝麵包師傅跑去，抓住她的手。師傅彎腰與小女孩說了一兩句話。

澤木在雪中佇立，看著邁步走出的她們。女人在羽絨大衣底下穿了雪靴。小女孩穿紅色壓紋長靴。二人手拉手越過馬路，走在澤木對面的步道上。只見她們任由靴子埋入雪中深達腳踝就這樣默默步行。澤木也遲了數步開始沿著這邊的步道行走。雪花不停落下。大約走了一百公尺，女人拍去小女孩帽子上的積雪，替女孩戴上帽子。然後自己也同樣戴上帽子。

二人右轉。澤木也過馬路，跟在她們後面。在無人的路上，保持四、五公尺的距離尾隨。他沒有任何確信。都築的話在耳朵深處一再迴響。

「乍看毫無關係的人一旦浮現，說不定那就是颱風眼。」

只有一個方法可以辨別。澤木朝著默默步行的背影喊道：

「小節！」

對方不可能沒聽見。女人沒有止步。四下無人。他又喊了一次。小女孩扭頭看澤木。她的眼睛晦暗得令人悚然。女人的步伐不變，繼續踏雪而行。距離沒有拉開也沒有縮短。二人一直以同速步行。再次轉彎。澤木確信，不回頭就是她的答覆。

他刻意加大步伐。二人的背影越來越近。

他覺得甚至能想起那體溫。澤木撿拾女人吐出的白煙追趕。已經沒必要喊名字了。

「幸田先生死了。」

女人駐足。

小女孩轉過身來雙手牢牢握緊女人的手。晦暗的眼睛睨視澤木。他無法縮短那一公尺的距離。女人的羽絨大衣的風帽和背上的背包都已積雪。

「幸田先生已經死了。昨天一大早死的。今天，我和宇都木小姐將他火葬了。」

女人沒有轉身。一直佇立在滿天雪花下。倘若此刻，四目相交，就再也撐不住了。他肯定會不假思索地緊緊抱住她。

「今天，刑警來找過我。他在打聽幸田節子母親的下落。警察懷疑八月那場大火死的究竟是誰。」

澤木吐出的白霧，還沒碰到女人的羽絨大衣便已消失。

「小節。」

喉頭深處湧現痛罵自己的字眼。懊悔與喜悅，以及對沒有尋短的節子滿腔的思念，混在一起化為熱血開始流遍全身每個角落。

小女孩背對澤木，拉扯女人的手。

「小節，能逃多遠就逃多遠吧。」

女人是否聽見他嘶啞的聲音，他毫無把握。打在臉上的雪溶化後滑過臉頰。過了一會兒才發現那是淚水。她還活著。只要這樣就好。

女人沒轉身，與小女孩再次邁步。澤木沒有去追。不停落下的雪，化為布幕令她們的身影漸漸模糊。

妳快逃吧——。

澤木一邊祈禱一邊目送女人的背影，忽見一個高大的人影走近。身穿深色大衣。黑影讓路給小孩，與白色羽絨大衣在路燈下錯身而過。

他無法將眼睛自走近的男人臉上移開。肩上積雪的男人在距離澤木三公尺處停腳。男人掉頭朝錯身而過的二人走去後再以慢動作轉過身來，輕輕抬起右手問候。

他閉上眼。

顏色斑駁的遺骨，粉碎之後也不過是粗糙的粉末。那天他猶豫許久，雖遭木田與俊子反對還是決定成全節子的心願。

那是對他把照片偷偷放進口袋的祕密道歉。

遺骨散落水面，最後被打來的秋天浪濤淹沒消失。浪濤的記憶與沉睡在桌子抽屜裡的鎖骨碎片，在眼底交錯。

他緩緩睜開眼。

大顆雪花，互相磨擦糾纏著墜落。

它將一切都塗成白色，下個不停。

本作品非雜誌連載之作。

推薦文

玻璃的蘆葦並不動搖

黃麗群

好，首先趕緊四四六六說清楚：以下將提到（相當粗略的）故事大綱與部分情節，不過，絕對不會爆雷。

所以正拿著這本書翻到這一頁的讀者們，請不要擔心……雖然說要在不劇透的情況下談論《玻璃蘆葦》，其實也有一點為難。

難處在於《玻璃蘆葦》簡直像集線器一樣一抓一把都是各式各樣的戲劇設計與衝突橋段，（我想改編成電影會很好看），如果必須繞開情節埋伏與線索轉折，話頭實在寸步難行，在完全不影響閱讀樂趣的前提下，請容我點到為止的描畫：女主角幸田節子，嫁給了母親的前男友（這位先生是擁有一家愛情賓館的富爸爸），從一名小辦事員成為生活富餘的夫人，與婚前的上司（兼前男友）藕斷絲連，她不必工作，生活重心是參加太太們高雅的短歌寫作會，但為什麼集會裡某個蛇一樣的女同好總是欲言又止，時時窺伺？

故事即由幸田節子之死開始，當然，這是一部帶有強烈懸念的懸疑小說，必然很快就會出現災難。死亡。算計。暴力。殺意。謎團。家庭的矛攻與盾防。男女的怨糾與愛纏。

但正因為這些元素強烈的戲劇性、正因為這些「原物料」之張揚、通俗、同時又是大眾小說裡的家常景象，才正顯出櫻木紫乃一片異路風光。我很愛讀日本大眾小說（特別是女性作家），例如早一點的林真理子或向田邦子，近一點的桐野夏生、平安壽子，或者這兩年我相當喜歡的辻村深月，（現在再加上櫻木紫乃），但櫻木紫乃的口吻的確與眾各別，草率點也可以說是簡潔，要細究才會發現那簡潔不只是冷酷，也不只是冷靜；若說是節制，又感覺這詞意的覆蓋率太低。

《玻璃蘆葦》故事本質是激烈的，左衝右突的，也成功處理了幾個有趣的題目，例如母與女之間原始的雌性的敵意、女性的同盟（母獅般的協力關係），甚至是小說中短歌會裡成員們彼此的苛論，都足以視為精彩的文藝短評。但她把一切說得如此淡，只是每一句淡話背後都有佈置，像在黑色長衣襟裡繡出暗花荼蘼，在眾人皆不措意的長廊轉角隱刻表記；她會將最重的事安排在一個最輕便與最不起眼的位置，以最短的符號最少的時間釋出，一擊即中，凡中即止，絕不沉溺，絕不渲染，絕對不在吐露衷情之後就彷彿喘了一口粗氣如釋重負、大張旗鼓地捉住讀者開始無盡絮叨怨憤或哀音。

這裡面有比冷靜、冷酷、節制與克己這些詞組更深邃一層的意志，叫做「不動搖」。

櫻木紫乃似乎也並不期待讀者在她的故事裡「動搖」。通常，在故事性極強的小說寫作裡，寫作者會難以抗拒「讓讀者心旌搖蕩」的操作誘惑，（或反過來說，讀者也往往樂於並追求這搖蕩），但櫻木紫乃反之。《玻璃蘆葦》情節本身非常引人入勝，即使一時看不出前述的細緻設計也不妨礙閱讀節奏，但過程中我格外強烈感受到在各種起伏曲折底下表面的「不動搖」，這不只停留在寫作的技巧與形式上，也凝結成《玻璃蘆葦》這本小說核心的精神性：我們常見麻木漠然的角色，一意孤行的角色，在命運渦卷中打轉的角色，但就我而言，確實少見像小說主角幸田節子這樣一個要說有情也非常有情，要說無情也非常無情，但不管你用什麼角度端詳，她都沒有一刻猶豫，沒有一刻侷促不安、沒有一刻被誰說服與打動、沒有一刻費心與誰四目相對、甚至在全書中哭笑都不出聲音的狠角色。

所以雖然文案寫著「脫序的情欲」「愛與恨」「感官派」，其實，整本書「潔」的不得了，沒有任何一段堪稱露骨，如果抱著尋找情欲或刺激犯罪小說的心情來看肯定會失望。如果問我，我反而覺得它其實是成功地從一個通俗的故事設計、一些簡單的二元形象裡，開展出「人的生活可能是什麼樣子的？」這個問題。櫻木紫乃的娘家就是在北海道經營愛情賓館生意的家族，而她自己婚前則擔任過法院打字員，儘管我並不太喜歡作者論，可是在此實在難以抗拒（我真容易動搖啊）地要引入這個線索：實在沒有什麼比「法院打字員」這職業更適合拿來描述這本小說了，在法院打字員每天記述下的各種「生活」裡，每個事實（或已知的事實）與梗概必然都無比精確，但事實的神經線路與梗概上的血肉也必然不可能交割清楚；所以當中也有真愛，但所謂的真愛其實非常黯淡軟弱；也有心狠手辣，但那心狠手辣包裹奶油香味；也有體溫，只是肌膚摩擦之際，感受竟冰冷如抵住北海道冬岸的礁石。

倒是另一個評點「怪物級傑作」可稱貼切。「怪物級」三個字，或許未必適用於這本小說的量體或寫作技巧（當然技巧是很不錯的），但我覺得更宜於描述幸田節子這角色：「濕原凜立玻璃蘆葦，空洞簌簌流沙去。」這是小說裡節子所做的和歌〈玻璃蘆葦〉，在此，我們必須回到早先的關鍵字「不動搖」，它與冷靜、冷酷、節制甚至是壓抑等等詞組，看似相近，本質其實完全悖反。後者一眾的背面都隱藏了一個必須出力抵擋的方向，一種必須讓人自持的力與慾；但「不動搖」恰恰相反——因為它不動搖，遂總是誘惑他人企圖調伏它，「不動搖」本身就是種力與慾，就是怪物本身，而電影裡的英雄，不都要在經歷各種克己的修煉之後，終於打倒那個凜立的怪物嗎？

一個「不動搖的女人」，恐怕一直都將榮踞世人眼中怪物排行榜前幾名位置吧。因此，玻璃的蘆葦雖然不曾被誰拂倒（其實，即使她想柔折，天性也做不到），最後終究要以出人意料（或不出人意料）的方式破碎了。

藍小說212

玻璃蘆葦

作　者—櫻木紫乃
譯　者—劉子倩
主　編—嘉世強
美術編輯—霧室
責任企劃—張燕宜
校　對—蕭淑芳
董事長—趙政岷
總經理
總編輯—余宜芳
出版者—時報文化出版企業股份有限公司
10803台北市和平西路三段二四〇號三樓
發行專線—（〇二）二三〇六—六八四二
讀者服務專線—〇八〇〇—二三一—七〇五
（〇二）二三〇四—七一〇三
讀者服務傳真—（〇二）二三〇四—六八五八
郵撥—一九三四四七二四時報文化出版公司
信箱—台北郵政七九～九九信箱
時報悅讀網—http://www.readingtimes.com.tw
電子郵件信箱—liter@readingtimes.com.tw
法律顧問—理律法律事務所　陳長文律師、李念祖律師
印　刷—勁達印刷有限公司
初版一刷—二〇一四年十月三十一日
定　價—新台幣三二〇元

國家圖書館出版品預行編目（CIP）資料

玻璃蘆葦／櫻木紫乃著；劉子倩譯. -- 初版. -- 臺北市：時報文化，2014.10
面；　公分. --（藍小說；AIA0212）
譯自：硝子の葦
ISBN 978-957-13-6096-6（平裝）

861.57　　103019543

ISBN 978-957-13-6096-6
Printed in Taiwan